FISCHER BIBLIOTHEK

Thornton Wilder

DIE FRAU AUS ANDROS

Mit einem Nachwort von
Jürgen P. Wallmann

S. Fischer Verlag

Die amerikanische Originalausgabe erschien 1930
unter dem Titel ›The woman of Andros‹

Übersetzung von
Herberth E. Herlitschka

Umschlagentwurf: Hannes Jähn
Satz und Druck: Georg Wagner, Nördlingen
Einband: G. Lachenmaier, Reutlingen
Printed in Germany 1979
ISBN 3 10 092014 7

Der erste Teil dieser Erzählung
ist von der ANDRIA des Terenz angeregt,
die wieder auf zwei verlorengegangene
Komödien des Menander zurückgeht.

Seufzend drehte sich die Erde auf ihrer Bahn; der Schatten der Nacht schlich allmählich das Mittelmeer entlang, und Asien glitt ins Dunkel. Die große Klippe, die einmal Gibraltar hieße, behielt noch lange einen rötlichen Schein, indes drüben die Berge des Atlas tiefblaue Schründe in ihren Flanken zeigten. Die Grotten um den Golf von Neapel versanken in dichtere Schwärze und sandten ihr klingendes oder dumpfes Dröhnen aus der Finsternis. Von Griechenland war die Glorie und von Ägypten die Weisheit gewichen, aber mit dem Herannahen der Nacht schienen sie ihre verlorenen Ehren wiederzugewinnen, und das Land, das bald das Heilige genannt werden sollte, ließ in der Dunkelheit seine wundervolle Bürde reifen.

Das Meer war weiträumig genug, das mannigfaltigste Wetter zu fassen. Ein Gewitter umtobte Sizilien und seine rauchenden Berge, aber an der Mündung des Nils glichen die Wasser einem feuchten Estrich. Eine munter hintanzende Brise kräuselte das Ägäische Meer, und alle die Inseln Griechenlands fühlten Erfrischung, als der Tag zu Ende ging.

Auch der glücklichsten und unberühmtesten unter

ihnen, Brynos, war die Brise willkommen. Der Abend währte lange. Eine Weile noch wurde das Geräusch der Wellen, die kräftig gegen die Mauer des kleinen Hafens schlugen, übertönt vom Schwatzen der Frauen, vom Geschrei der Knaben und vom Blöken der Lämmer. Als die ersten Lichter erschienen, zogen sich die Frauen zurück; als das Gepolter der Balken, mit denen die Händler und Krämer ihre Läden verschlossen, die Luft erfüllte, verstummte das Lärmen der Knaben; und endlich vermengte sich den Geräuschen, die vom Meer herkamen, nur noch das Gemurmel der Männer, die in den Weinschenken die elfenbeinernen Spielsteine hin und her schoben. Ein flimmerndes Sternenlicht, darein schon eine Ahnung des Mondes verwoben war, fiel über das ansteigende Gewirr kleiner Häuser und in die winkeligen Treppengäßchen, die sich zwischen ihnen hinwanden.

Die Weinschenken umgaben den roh gepflasterten Hafenplatz, und in der einen saßen fünf oder sechs der vornehmsten Stadtväter beim Spiel. Als der Mond aufging, hatten zwei von ihnen, Simo und Chremes, ihre Gefährten überdauert. Simo war Eigentümer zweier Warenspeicher; er war ein Kaufmann und besaß drei Schiffe, die beständig zwischen den Inseln auf Fahrt waren.

Die beiden Männer hatten ihr Spiel soeben beendet; die Steine lagen noch zwischen ihnen auf der Tischplatte, und sie seufzten in den Bart, als sie an den langen Heimweg unter den gespenstischen Ölbäumen dachten. Simo war müder als sonst; während die Regeln der Mäßigung uns lehren, daß der Geist nicht länger als drei Stunden täglich mit Waren und Zahlen beschäftigt sein kann, ohne sich zu besudeln, hatte Simo an diesem Tag fünf mit Feilschen und Handeln verbracht.

»Simo«, begann Chremes mit dem Gebaren eines Menschen, der sich endlich zu einem unangenehmen und lange aufgeschobenen Vorhaben aufrafft, »dein Sohn ist jetzt fünfundzwanzig . . .«

Simo stöhnte, als er die Frage auftauchen sah, der er nie ins Gesicht zu sehen vermochte.

»Es sind nun vier Jahre«, fuhr Chremes fort, »seit du mir zum erstenmal sagtest, ein junger Mann dürfe von seinen Eltern nicht in die Ehe hineingezwungen werden. Und sicherlich hat niemand Pamphilos zu zwingen versucht. Aber worauf wartet er? Er hilft dir im Warenlager; er übt in der Palästra; er ißt zu Nacht bei der Andrierin. Wie viele Jahre soll diese Lebensweise fortdauern, bevor du mir beistimmen wirst, daß er als Gatte meiner Tochter besser daran wäre?«

»Er muß aus eigenem Antrieb zu mir kommen, Chremes. Ich will nicht der erste sein, der davon spricht.«

»Der erste! Es wäre nicht das erste Mal, daß davon

gesprochen würde, Simo. Es war seit Jahren zwischen unsern Familien ausgemacht, daß er Philumena heiraten soll. Es wird die ganze Zeit davon geredet. Die Burschen necken ihn von früh bis spät damit. Er weiß sehr gut, daß meine Tochter bereit ist, ihn zu heiraten. Es ist nichts als Trägheit von ihm. Er will nur nicht die Verantwortung übernehmen, ein Ehemann und Vater und der angesehenste Hauswirt der Insel zu sein.«

»Er ist ein junger Mann, der weiß, was er will. Ich mag ihn nicht zwingen.«

»Dann ist es gewiß, daß er meine Tochter nicht heiraten wird. Es ist eine Demütigung für sie, all die Jahre warten zu müssen, daß er sich entschließe, und ihre Mutter ist seit langem hinter mir her, die Sache ins reine zu bringen. Ich sollte es vielleicht nicht sagen, aber ihr werdet durch schiere Unentschlossenheit euch was Gutes verscherzen, ihr beiden. Philumena ist weitaus das gesündeste und hübscheste Mädchen, das man auf einer unsrer Inseln nur finden kann. Und sie ist geschickt zu allem, was man sich von einer Frau in der Häuslichkeit erwartet. Die Verbindung unsrer beiden Familien hat Vorteile, Simo, die ich dir nicht erst aufzuzählen brauche. Aber dieses lange Hinziehen hat mir klargemacht, daß dein Sohn vermutlich warten wird, bis sein Sinn von einer andern gefangen ist. Gut, gut! Heut abend noch soll meine Frau begin-

nen, sich nach einem andern Schwiegersohn umzusehn.«
»Chremes, Chremes, er ist erst fünfundzwanzig! Laß ihm noch ein wenig sein Vergnügen! Warum müssen sie so früh Ehemänner und Väter werden? Er ist ein guter Sohn, und er ist glücklich. Auch deine Tochter ist es. Laß sie beide noch eine Weile!«
»Enkel! – Enkel möchte ich sehen! Es soll kein so großer Abstand zwischen den Generationen sein. Das ist schlecht für Sitte und Brauch.«
»Durch Übereilung wirst du einen größern Fehler begehn als durch Verzug.«
»Nun«, fuhr Chremes fort, »es gibt noch einen Grund, warum ich die Sache bald geordnet wissen will. Und der ist: Wir sehen es nicht gern, daß Pamphilos dieses Weibsbild aus Andros besucht. Es fällt mir gewiß schwer, Simo, darin streng zu sein, denn mein eigener Sohn geht auch hin. Aber es ist nur natürlich, daß ein Vater an seinen Schwiegersohn höhere Ansprüche stellt als an seinen Sohn.«
Simo blickte noch unbehaglicher drein und verharrte in Schweigen. Chremes sprach weiter:
»Ich glaube, du siehst dieses Herlaufen hinter fremden Weibern ebenso ungern wie ich. Unsre Inseln waren stets berühmt für züchtige und gute Lebensart. Wenn uns der Hafer stach, als wir junge Burschen waren, wußten wir immer eine Hirtin, der

wir einen dunkeln Bergpfad hinauf folgen konnten. Aber diese Andrierin hat das ganze Unwesen Alexandriens in unsre Stadt gebracht, Wohlgerüche und heiße Bäder und spätes Schlafengehn.«
Simo rieb sich das Kinn und erwiderte dann brummend: »Ach was, wenn's nicht das eine ist, ist's das andre. Ich weiß gar nichts über diese Frau aus Andros. Die Weiber scheinen von morgens bis abends von nichts sonst zu reden, aber man kann ihrem Geschwätz nicht glauben.«
Solcherweise aufgefordert, legte Chremes mit beträchtlichem Genuß los und blickte von Zeit zu Zeit prüfend in Simos Gesicht, um zu sehen, ob die Einzelheiten bei diesem ein gleiches Interesse erweckten, wie sie für ihn selbst besaßen. »Sie heißt Chrysis, und ich weiß nicht, was sie damit meint, sich eine Andrierin zu nennen. Die Insel Andros war nie berühmt ob solchen Wesens und Gehabens, wie sie es zur Schau trägt. Sie ist von Korinth und Alexandria hergeflattert; das kannst du mir glauben. Sie hätte in diesen Großstädten bleiben sollen, statt sich hier bei uns zu vergraben und unsern jungen Männern Poesie zu deklamieren. Ja, ja, sie spricht ihnen Dichtungen vor wie die ganz Berühmten. Sie hat ein Dutzend oder mehr von ihnen alle sieben oder acht Tage zu Gast beim Nachtessen – die Unverheirateten, versteht sich. Sie lungern auf Ruhebetten und essen sehr kuriose Speisen und

führen Gespräche. Alsbald erhebt sie sich und deklamiert; sie kann ganze Tragödien aus dem Kopf vortragen. Sie ist offenbar sehr streng mit den jungen Männern. Sie sieht darauf, daß sie alle attischen Akzente beachten; sie essen nach athenischer Art, bringen Trinksprüche aus und tragen Blumenkränze, und jedesmal wird ein andrer zum Symposiarchen gewählt. Und am Schluß werden gewärmte Tücher herumgereicht, damit sie sich an ihnen die Hände abwischen können.«

Simo gewährte Chremes nicht das Vergnügen, ihn seine gespannte Aufmerksamkeit merken zu lassen; sein Blick blieb gesenkt, und sein Gesicht trug dieselbe gelangweilte Miene, die er allem Inselklatsch gegenüber zeigte. Chremes entschloß sich, weniger ausführlich zu sein, und setzte mit billiger Entrüstung hinzu: »Was mich anlangt, für mich ist Alexandria Alexandria und Brynos Brynos. Noch ein paar solche aus der Fremde eingeführte Ideen, und unsre Insel wird für immer verdorben sein. Sie wird zu einem Haufen armseliger, unverdauter Nachahmungen werden. Alle Mädchen werden lesen und schreiben und deklamieren wollen. Was soll aus der Häuslichkeit werden, wenn die Weiber lesen und schreiben können? Du und ich, wir heirateten die schönsten Mädchen unsrer Zeit, und wir sind glücklich gewesen. Wir können für wenigstens noch ein Menschenalter gesunden Verstands und guter Sitten auf dieser Insel vorsorgen, ehe die Zeit kommt, wann die Frauen alle sich wie Tänzerinnen benehmen und die Männer alle ihnen zu Füßen liegen werden.«

Simo wußte die Antwort darauf, aber er unterdrückte sie. Chremes war mehr als irgendein andrer Mann auf der Insel von seiner Frau beherrscht. Tatsächlich versuchte seine Frau, aus dem Winkel, wo ihr Webstuhl stand, die ganze Insel zu regieren, wobei sie sich ihres vielgeplagten Gemahls als ausführenden und strafenden Organs bediente. Simo fragte bloß:

»Was geschieht nach dem Gelage?«

»Jeder Gast zahlt für sein Gedeck, und noch dazu recht kräftig, und von Zeit zu Zeit wird dem einen oder andern gnädig gestattet, bis zum Morgen zu bleiben. Das ist alles, was ich weiß.«

»Ist dein Sohn bei jedem dieser Nachtmähler?«

»Er hat dort Streit gehabt oder sonst etwas – oder vielleicht hat er zuviel getrunken, ich weiß es nicht. Auf jeden Fall wurde er für einige Zeit ausgeschlossen. Glatt auf die Straße geworfen von den andern Gästen. Aber er hat sich wiederum mit ihr versöhnt.«

»Sprichst du mit ihm über diese – diese Chrysis?«

»Warum? Nein. Ich tue, als wüßte ich von nichts.«

»Ist mein Sohn immer dort?«

»Fast immer, so heißt es.«

Langes Schweigen folgte. Der Bursche, der in der Schenke bediente, trat ins Mondlicht hinaus und begann die Läden vorzulegen. Alsbald kam er wieder herein und flüsterte Simo zu, daß eine Alte draußen warte, um ihn zu sprechen, und daß sie schon eine Weile dort gewartet habe. Dies war etwas Ungewöhnliches auf Brynos, aber Simo setzte seinen Stolz darein, niemals Überraschung zu verraten. Er nickte leicht und starrte weiter vor sich hin.

»Sind noch andre Frauen im Haus der Andrierin?« fragte er.

»Ich weiß es nicht. Manche sagen ja, und manche sagen nein. Aber ihr Haus ist dennoch voll von Leuten. Es ist in der Tat eine Art Asyl für Sieche und Lahme und allerlei alte, vom Leben zerbrochene Gnadenbrotesser. Das Haus steht ein Stück weit droben am Rande der Stadt . . .«

»Ich weiß, wo es ist.«

». . . und diese Leute, wer sie auch sein mögen, kommen nie in die Stadt. Bei Tag gehn sie nicht einmal auf die Straße. Oh, du kannst sicher sein, unsre lieben Mitbürger reden von nichts anderm!«

Chremes erhob sich und warf seinen Mantel um. Er merkte, daß Simo so weit wie je davon entfernt war, sich zu einer bindenden Zusage zu verstehn. »Ja«, sagte er, »so liegen nun die Dinge. Ich hoffe, daß du mir in zehn Tagen eine bestimmtere Antwort geben können wirst. Meine Frau setzt mir nicht wenig zu, Simo, und sie will, ich soll dir bloß dies eine sagen, daß mit keinem Gedanken an eine Heirat zwischen Pamphilos und Philumena zu denken ist, wenn er seine Besuche dort nicht unterläßt; und daß diese Hochzeit hübsch bald festzusetzen wäre – oder du wirst beginnen müssen, irgendein andres Mädchen zu suchen, das auch nur halb so gut ist.«

Zum erstenmal raffte Simo sich auf und sagte bedächtig: »Auch du und deine Frau, Chremes, würden etwas Gutes beiseite werfen. Eben weil Pamphilos jeden andern unsrer Burschen hier beträchtlich überragt, kann ich nicht zu ihm sprechen, wie man sonst zu einem Sohn spricht. Du kennst nicht alle seine Seiten.«

»Ja, Simo, wir wissen, daß er ein prächtiger junger Mann ist. Aber wir wissen auch, wenn du mir verzeihen willst, daß Pamphilos einen ... einen Hang zur Unentschlossenheit hat, zum Aufschieben ... Um sein Bestes zu leisten und seinen Platz in der Welt auszufüllen, muß er angetrieben werden von jemand wie dir selbst, jemand, den er bewundert. Und er kümmert sich nicht so sehr, wie er sollte, um diese unsre Insel und ihre Geltung. Kennst du den jungen Priester des Asklepios und Apollon? Nun, Pamphilos hat etwas von einem Priester in sich. Solche Menschen besitzen nicht den

Eifer, es vorwärtszubringen. Sie haben noch nicht erkannt, worum es im Leben geht.«

Chremes verließ die Schenke und stolperte den steinigen Weg nach Hause. Simo blieb noch eine kleine Weile. ›Welch ein schlechtes Ende eines schlechten Tags!‹ dachte er. Die beiden Männer waren miteinander auf der Insel aufgewachsen. Seit dreißig Jahren waren sie die Ersten unter ihren Bürgern. Sie kannten einander zu gut. In ihrem Gespräch hatten sie die leise Feindseligkeit spielen lassen, die stets zwischen ihnen schwebte. Dieses Prahlen mit ihren Kindern – wie niedrig, wie unhellenisch! Wie unphilosophisch! Aber das eine war wahr: es stak etwas von einem Priester in Pamphilos.

Simo wandte sich der Alten zu, die sich im Schatten der Tür hielt. »Du wolltest mich sprechen?« fragte er barsch.

Zwischen Furcht und Erwartung – denn sie hatte hier fast volle zwei Stunden gestanden – war Mysis kaum fähig, Worte zu finden. »Meine Herrin wünscht mit dir zu reden, Herr, – Chrysis, die Andrierin«, und sie wies mit beiden Händen zum Wasser.

Simo brummte etwas. Aufblickend sah er das schöne Weib unweit von ihm an der Hafenbrüstung lehnen. Ihr Kopf und ihre ganze Gestalt waren in Schleier gehüllt, und sie wartete ruhig und unbeteiligt im Mondlicht, als wären zwei Stunden bloß ein einziger Augenblick für ihre Gelassenheit. Unten in dem kleinen, geschützten Hafen schlugen die Boote freundschaftlich aneinander, aber sonst war es ganz still in dem schwermütigen Frieden des Mondes. Simo näherte sich der Gestalt ohne Umstände und fragte: »Nun?«

»Ich bin –« begann sie.

»Ich weiß, wer du bist.«

Sie hielt inne und begann von neuem. »Ich bin in größter Bedrängnis. Sie zwingt mich, einen Dienst von dir zu erbitten.« Simo schob die Lippen vor, zog die Augenbrauen hoch und senkte dann verdrossen den Blick. Sie sprach mit gleichmäßiger Stimme, ohne Hast oder Flehen weiter: »Ein Freund von mir ist sehr krank auf der Insel Andros, von der ich komme. Zweimal habe ich ihm durch Hauptleute der Schiffe, die zwischen den Inseln fahren, Geld gesandt. Ich weiß jetzt, daß sie unehrlich sind und daß das Geld nie in seine Hände gelangt. Ich bitte dich nur darum, dein Siegel auf das Geldsäckchen zu drücken, und es wird ihn erreichen.«

Simo sah es nicht gern, wenn Frauen sich, wie diese Andrierin, selbstsicher und unabhängig gehabten. Seine Feindseligkeit nahm zu; unwirsch fragte er: »Wer ist dieser Freund?«

»Er war früher ein Schiffshauptmann«, erwiderte sie, immer noch ohne Unterwürfigkeit. »Nun aber ist er nicht nur krank, er ist wahnsinnig. Er ist wahnsinnig geworden durch die Leiden, die er im Krieg erduldete. Ich habe ihn Leuten in Obhut gegeben, doch die nehmen sich seiner nur an, solange ich ihnen dafür Geld sende. Sonst werden sie ihn zu den andern auf eine kleine Insel in der Nähe bringen. Du weißt doch ... solche Inseln ... wo alle paar Tage Schüsseln mit Nahrung für sie gelassen werden ... und wo ...«
»Nun«, sagte Simo mit Härte, »da dein Freund den Gebrauch des Verstandes verloren hat und sich der Verhältnisse, in denen er lebt, nicht bewußt werden kann, ist es am besten, du läßt ihn auf die Insel zu den andern bringen. Habe ich nicht recht?«
Chrysis preßte die Lippen aufeinander und blickte über ihn hinweg in die Ferne. »Darauf habe ich keine Antwort«, erwiderte sie. »Du magst recht haben, aber es ist nicht recht für mich. – Der Mann war einst ein sehr berühmter Schiffshauptmann. Vielleicht hast du von ihm gehört. Sein Name ist Philokles. Ich glaube, ich bin nun sein einziger Freund, wenn nicht auch du willens bist, ihm zu helfen.«
Simo gab nicht zu, ihn gekannt zu haben, aber der Ton seiner nächsten Worte war weniger feindselig. »Wann, willst du, soll das Geld abgehn?«

»Ich . . . ich habe etliches Geld jetzt bereit, aber ich würde lieber in zehn Tagen welches senden.«

»Wie heißt du?«

»Chrysis, Tocher des Arches aus Andros.«

»Chrysis, ich will dies für dich tun und will sogar einen Betrag hinzufügen. Als Gegendienst wirst du mir einen Gefallen tun. Du wirst meinem Sohn dein Haus verbieten.«

Chrysis rückte ein wenig zur Seite, und ihren Unterarm auf die Brüstung stützend, blickte sie in den Hafen hinunter. »Eine Gunst hört auf, eine Gunst zu sein, Simo, wenn Bedingungen an sie geknüpft sind. Großmut treibt keinen Handel mit ihrer Macht.« Diese Maximen wurden beinahe geflüstert; dann hob sie den Kopf und sagte: »Ich kann es nicht tun, es sei denn, ich sagte deinem Sohn, daß es geschehe, weil du es befohlen hast.«

Simos ein wenig zynisches Überlegenheitsgefühl beruhte auf dem Umstand, daß er durchs Leben gegangen war, ohne je bei einer Ungerechtigkeit, einer Unwahrheit oder Kleinlichkeit ertappt worden zu sein. Ärgerlich, aber über sich selbst, weil er sich in so unvorteilhaftem Licht gezeigt hatte, antwortete er: »Das ist nicht nötig. Es wäre ganz einfach, wenn deine Dienerin ihm sagte, daß du seinen Besuch nicht mehr wünschest.«

»Das könnte ich nicht tun. Es gibt mehrere junge Männer auf der Insel, denen meine Tür aus dem einen oder andern Grund verschlossen ist. Ich kann das Pamphilos nicht antun, ohne ihm einen Grund zu nennen. Wenn du den Geist unseres Kreises verstündest, würdest du dies von mir nicht verlangen; ich glaube, wir begegnen einander dort nicht mit so wenig Achtung. Ich kenne deinen Sohn kaum; ich habe kaum zwanzig Worte mit ihm gewechselt; aber ich weiß, daß er bei weitem der hervorragendste junge Mann unter meinen Gästen ist.« Mit einmal war das Bild des jungen Pamphilos vor ihr aufgestiegen, und freudige Erregung erfüllte sie, während sie ihn pries, und aus diesem Grund mäßigte sie sich und fügte leiser hinzu: »Er ist alt genug, um für sich selbst zu entscheiden. Und wenn ich tue, was du verlangst, muß er es verstehn.«

Simo merkte, daß ein seltsam weises Lob seines Sohnes zwischen ihnen schwebte, und vor Freude hörte sein Herz beinahe auf zu schlagen; seinen Lippen aber entstürzten die rohen Worte, die er sich soeben zurechtgelegt hatte: »Dann mußt du dein Geld auf andre Weise nach Andros schicken.«

»Gut«, erwiderte sie.

Sie standen und sahen einander an. Simo wurde sich jählings bewußt, daß er unter Menschen von kärglichem Wesen lebte und stets einsam war; er war ungeübt im Gespräch mit überragenden Persönlichkeiten, deren jedes Wort aus einem Schatz an Urteilskraft und innerer Ruhe entsprang. Mit seiner Frau, mit Chremes, mit den Inselbewohnern konnte man halben Geistes sprechen und dennoch sein Ansehen wahren, aber diese Frau hier hatte ihn binnen weniger Augenblicke zweimal dahin gebracht, sich eine Blöße zu geben. Chrysis sah das und kam ihm zu Hilfe; sie brach das Schweigen, das ihn eigensinnig, verärgert und klein machte.

»Vielleicht wäre es möglich, seinem jüngern Bruder das Leben vorzuzeichnen; dein Pamphilos verdient es, besser verstanden zu werden.« Und ihr Ton deutete an: »Du und er, ihr seid vom gleichen Maß und solltet zusammenhalten.«

Über seine Söhne zu sprechen, zog Simo jeder andern Beschäftigung vor, aber es geschah mit sehr gemischten Gefühlen, daß er jetzt eine Antwort auf diese Bemerkung suchte.

»Schön, schön . . . Andrierin, ich will dein Geld für dich versiegeln. Jeden zwölften Tag geht eins meiner Schiffe nach Andros. Eins segelte grade heute.«

»Ich danke dir.«

»Darf ich dich bitten . . . hm . . . Pamphilos gegenüber nichts davon zu erwähnen?«

»Ich werde ihm nichts sagen.«

»Nun denn . . . Ja, also gute Nacht!«

»Gute Nacht!«

Simo wanderte ungewohnt gehobener Stimmung heim. Es hatte ihn glücklich gemacht, Pamphilos gelobt zu hören, und wahrscheinlich besaß diese Frau eine außerordentliche Menschenkenntnis. Er hatte sich töricht benommen, aber wenn man sich damit in guten Händen wußte, lag nichts daran. ›Das Leben ... das Leben ...‹, sagte er sich und suchte nach einer Verallgemeinerung, die seine Mannigfaltigkeit beschriebe, seine Macht, von Zeit zu Zeit auf allen Wellen lästiger Umstände solche sternengleiche Persönlichkeiten emporzuschleudern. Die Verallgemeinerung stellte sich nicht ein, aber er schritt in hellem Staunen weiter. Wie gern würde er sie ein Theaterstück lesen hören! Er pflegte für solche Dinge etwas übrig zu haben, und wenn seine Reisen ihn auf eine Insel führten, die groß genug war, ein Theater zu besitzen, versäumte er nie die Gelegenheit, eine gute Tragödie zu hören.

Als er den Hof seines Landguts betrat, sah er Pamphilos ganz allein dastehn und in den Mond starren.

»Guten Abend, Pamphilos«, sagte er.

»Guten Abend, Vater.«

Simo ging zu Bett, tiefbewegt von Stolz, aber um sich vor sich selbst nichts zu vergeben, murmelte er besorgt vor sich hin: »Ich weiß nicht, was ich mit ihm tun soll. Ich weiß nicht, was ich mit ihm tun soll.«

Und Pamphilos stand und starrte in den Mond und

dachte über seinen Vater und seine Mutter nach. Er dachte nach über sie im Licht einer Geschichte, die Chrysis erzählt hatte. Wenn die Gelage sich dem Ende näherten, lenkte sie das Gespräch gern von alltäglichen Dingen weg und brachte die Erörterung eines philosophischen Satzes in Gang. (Sie führte oft den Ausspruch Platos an, die wahren Philosophen seien junge Männer im Alter ihrer Gäste, »nicht«, fügte sie hinzu, »weil sie sehr gut philosophieren, sondern weil sie sich mit ihrer ganzen Seele auf Ideen stürzen. Später philosophiert man um des Ruhmes willen oder zur Rechtfertigung, oder weil es ein verwickeltes Verstandesspiel ist«.) Pamphilos erinnerte sich, daß eines Abends das Gespräch auf das Unrecht geraten war, das die Dichter begehn, wenn sie vorgeben, das Leben wäre heroisch. Und ein Jüngling vom andern Ende der Insel hatte halb spöttisch, halb hoffnungsvoll gesagt: »Nun, weißt du, Chrysis . . weißt du, das Leben in einer Familie spielt sich nicht in derselben Weise ab wie das Leben bei Euripides.«
Chrysis saß einen Augenblick still und suchte nach einer Antwort, dann hob sie die Hand und sagte: »Es war einmal . . .«
Die Tafelrunde brach in ein Gelächter aus, aber es war ein liebevolles Lachen geheuchelter Abwehr, denn alle wußten, daß Chrysis ihre Bemerkungen gern in die Gestalt von Fabeln zu kleiden und sie

mit dieser kindlichen Formel einzuleiten pflegte. Pamphilos hörte in Gedanken wiederum ihre schöne Stimme:

»Es war einmal ein Heros, der dem Zeus einen großen Dienst geleistet hatte. Und als er nun zum Sterben kam und die grauen Sümpfe der Unterwelt duchwanderte, rief er den Zeus an und gemahnte ihn an jenen Dienst und erbat dafür eine Gunst: Für einen Tag auf die Erde zurückkehren zu dürfen. Zeus war sehr bestürzt und erwiderte, daß es nicht in seiner Macht liege, dies zu gewähren, da nicht einmal er die Toten, die in seines Bruders Reich hinabgestiegen seien, auf die Erde heraufbringen könne. Aber Zeus war so gerührt durch die Erinnerung an die Vergangenheit, daß er in den Palast seines Bruders ging und, seine Knie umklammernd, ihn bat, ihm diese Gunst zu gewähren. Und der Herrscher der Toten war sehr bestürzt und erwiderte, daß sogar er, der König des Totenreichs, dies eine nicht gewähren könne, ohne daß es die Rückkehr ins Leben unter schwierigen und peinlichen Umständen mit sich brächte. Der Heros aber nahm freudig jede schwere oder schmerzvolle Bedingung, die daran geknüpft wäre, auf sich, und der König der Toten gestattete ihm, nicht nur auf die Erde, sondern in die Vergangenheit zurückzukehren und jenen Tag in all den zweiundzwanzigtausend seiner Lebenszeit nochmals zu leben, an dem sich am wenigsten ereignet hatte; er müsse ihn jedoch zwiefach erleben, in zwei Wesen gespalten: in den Teilnehmer und den Zuschauer – den Teilnehmer, welcher die längstvergangenen Taten vollbrächte und die längstverklungenen Worte spräche, und den Zuschauer, welcher das Ende voraussähe. Also kehrte der Heros ins Sonnenlicht zurück und in einen bestimmten Tag seines fünfzehnten Lebensjahres.

Liebe Freunde«, sagte Chrysis, ihre Augen langsam von einem Gesicht zum andern wendend, »als er in der Kammer seiner Kindheit erwachte, erfüllte Weh sein Herz – nicht nur weil es wieder zu schlagen begonnen hatte, sondern weil er die Mauern seines Heims gewahrte und wußte, er werde im nächsten Augenblick seine Eltern wiedersehen, die längst in der Erde jenes Landes ruhten. Er stieg in den Hof hinab. Seine Mutter hob die Augen vom Webstuhl und grüßte ihn und fuhr in ihrer Arbeit fort. Sein Vater schritt achtlos vorbei, denn an jenem Tag war sein Sinn voller Sorgen gewesen. Da gewahrte der Heros, daß auch die Lebenden tot sind und daß wir nur in denjenigen Augenblicken lebendig genannt werden können, in denen unsere Herzen sich ihres Schatzes bewußt sind; denn unsere Herzen sind nicht stark genug, um in jedem Augenblick zu lieben. Und noch keine Stunde war vergangen, da rief der Heros, der sein Leben zugleich betrachtet und lebte, den Zeus an, daß er ihn von solch schrecklichem Alptraum befreie. Die Götter erhörten ihn, aber bevor er die Erde verließ, fiel er nieder und küßte ihre Scholle, die uns teuer ist über alle Bergriffe.«

Mit solchen Augen sah auch Pamphilos nun seinen Vater das Haus betreten und hatte seine Mutter umhergehn sehen, wie sie das Feuer bedeckte und die letzten Pflichten des Tages verrichtete. Und im Licht jener Erzählung war es geschehn, daß seine Augen für das heimliche Leben im Gemüt seiner Eltern geöffnet wurden. Es schien ihm mit einmal, er sehe hinter die Zufriedenheit und die alltägliche Gesprächigkeit seiner Eltern, in das Leben ihrer Herzen – das leere, verzichtreiche, rührende und duldende. Es war Chrysis' wiederholt verkündete Lehre, daß alle Menschen – bis auf wenige rätselhafte Ausnahmen, welche im Besitz eines Geheimnisses der Götter zu sein schienen –, das langsam hinschleichende Elend des Daseins bloß erduldeten und, so gut sie konnten, ihre Bestürzung darob verbargen, daß das Leben schließlich doch keine wundervollen Überraschungen enthielt und daß seine schwerste Bürde die Unmöglichkeit war, Liebe mitzuteilen. Gewiß erklärte das die humorvolle Traurigkeit seines Vaters und die quälerische Herzlichkeit seiner Mutter. Und nun, als sein Vater hier im Hof an ihm vorbeiging, hatte ihn diese

Erkenntnis mächtiger denn je erschüttert. Was könnte er für sie tun? Was könnte er – um ihnen zu gleichen – für sich selbst tun? Er war schon fünfundzwanzig, das hieß – nicht länger ein Jüngling. Er würde bald ein Ehemann und Vater sein, was in seiner Vorstellung mit keinerlei Gloriole umkleidet war. Er würde bald das Oberhaupt dieses Haushalts und dieses Landguts sein. Er würde bald alt sein. Und die Zeit würde an ihm vorbeigeflossen sein wie in Seufzer, ohne daß ein Kriegsplan entworfen, Regeln festgesetzt, Wege gefunden worden wären, die ihn gelehrt hätten, wie diese andern und er selbst zu retten seien vor der schleichenden, grauen, der allzu leicht hingenommenen Vergeblichkeit des Daseins.

»Wie soll man leben?« fragte er den hellen Himmel. »Wie fängt man es an?«

Die Anschauung vom Leben, die Chrysis hatte, fand ihren Ausdruck, wie wir sahen, in Fabeln, in Zitaten aus der Literatur, in Sprichwörtern und Leitsprüchen. Ihr eigenes Ich faßte sie in ein einziges Wort zusammen: sie betrachtete sich als ›gestorben‹. Diese Gestorbene also, die sie war, zu verstimmen, hatten die Unannehmlichkeiten ihres Berufs, die Schmähungen der Stadtbewohner, die Undankbarkeit ihrer Schützlinge nicht mehr die Macht. Das einzige, was sie in ihrem Grab beunruhigte, war das Wiederauftauchen – sogar in ihren berufsmäßigen Verbindungen – einer ungestümen Zärtlichkeit, die sie dem einen oder andern flüchtigen Besucher zuwandte: kurze und demütigende Anklänge an Liebe. Solche und andre Erfahrungen, die geeignet waren, sie bedrückt zu machen, tat sie nun als Schwächen ab, als Stolz, als alte aufrührerische und ungezüchtigt gebliebene Eitelkeiten. Am Morgen nach dem Gespräch mit Simo am Hafen erwachte sie seltsam verstört; aber sie beschloß, die neue Bedrücktheit nicht zu untersuchen. Die schwebte den ganzen Tag über ihrem Haupt – eine Stimme, die immer wieder rief: ›Ich bin allein! Warum habe ich das nie zuvor gemerkt? Ich bin allein!‹ In der Tat gehörte der Beruf, den sie ausübte, zu denjenigen, die einer undeutlichen, in vielen Gemütern lauernden Vorstellung Vorschub leisten, der Vorstellung nämlich, daß wir für niemand vonnöten seien, daß Herzensneigungen sich knüpfen und lösen, je nachdem Entbehrung, Sättigung und Erfahrung sie begünstigen oder nicht. Die einsamsten Verbindungen sind solche, die sich den Anschein der Vertrautheit geben.

Chrysis hatte jedoch zwei Wege entdeckt, diese Teilnahmslosigkeit und Unbeständigkeit in der Welt, in der sie lebte, zu mildern. Der eine war die Art, wie sie die Tradition des Hetärengastmahls ausgestaltete. Sie gab sich unendliche Mühe mit diesen Zusammenkünften, und den staunenden Gästen schienen sie auch wirklich der Gipfel dessen zu sein, was man sich an Beredsamkeit, Witz und adeliger Gelassenheit nur erdenken konnte. Mit großen Sprechern ist es so, daß sie ihre eignen Gedanken nicht eher kennen, als bis sie sie, vom Atem ihrer besondern Begabung getragen, aus dem eignen Mund hervorströmen hören. Chrysis gestattete sich die Verschwendung, zu diesen jungen Männern aus der Fülle ihres Geistes zu reden. Vieles davon war ihnen zu hoch, aber daß Chrysis ihnen dabei keine Zugeständnisse machen wollte und annahm, sie befänden sich bei der Auslegung von Ideen und Meisterwerken in ihrem natürlichen Element, das erregte diese jungen Männer. Chrysis wußte, daß sie, abgesehen von ihrer Schönheit, nicht besonders für ihren Beruf geeignet war; es mangelte ihr die sprühende Laune, welche den Gästen mittleren Alters gefällt; aber jüngere Männer, welche noch immer mit einer Spur von Scheu an die Liebe herangehn, sind von deren gewohnheitsmäßiger Ausübung nicht so sehr enttäuscht, wenn sie sie in Schwermut, Würde und Literatur eingekleidet finden. Vielleicht läßt sich die Reife einer Kultur nach solchen Zügen beurteilen, danach nämlich, ob die jungen Männer sich zunächst in Frauen verlieben, die älter oder die jünger sind als sie; wenn ihre jugendliche Vorstellung die Zeit damit verbringt, die Bilder gehaltloser Plappermäulchen mit einem Nimbus zu umgeben, werden ihre Naturen hernach für immer desto dünnblütiger bleiben.

Chrysis aber erschienen ihre Gäste sogar in deren besten Augenblicken fremd und ungereift, und endlich entdeckte sie einen zweiten Weg, sich ein fester gegründetes Leben und beständigere Freunde zu schaffen: sie nahm verlaufene Menschenkinder, die ihrer bedurften, bei sich auf.

In ihren Selbstgesprächen nannte Chrysis diese Schützlinge ihre ›Schäflein‹. Und diese, obgleich sie aus Orten und Augenblicken entsetzlichster, äußerster Not unter ihr Obdach versammelt waren, gewöhnten sich ungemein schnell an ihre neue Behaglichkeit. Ja ihre erlittenen Prüfungen begannen bald eine romantische Färbung anzunehmen, und wenn ihnen etwas an ihrer gegenwärtigen Lage nicht zusagte, hatten sie sich vernehmen lassen, daß sie sich nach den Seligkeiten der Sklavenmärkte, der Mühlengöpel und der niedergemetzelten Dörfer zurücksehnten. Für Chrysis barg die menschliche Natur nicht mehr viele Überraschungen, und die Art, wie die Schäflein ihre Hirtin schalten und sogar mit Herablassung behandelten, betrübte sie keineswegs. Sie liebte ihre Schützlinge und fühlte sich hinreichend belohnt durch gelegentliche Spätnachmittage, an welchen die wunderliche Gruppe, in Freundschaft und Humor verbunden, im Garten saß. Solche Stunden ähnelten beinahe dem Leben in einem Zuhause.

Am Abend wollte sie wieder ein Gastmahl geben, und so stieg sie denn, mit einem Kopfschütteln den Schatten verscheuchend, der sich über sie zu senken drohte, in die Stadt hinab, um einzukaufen. Sie war von Mysis und dem Türhüter begleitet; Mysis trug ein Netz für das Obst und den Salat und der Pförtner einen großen Krug, der, mit Salzwasser gefüllt, zur Aufnahme der Fische und Schalentiere dienen sollte. Chrysis schritt langsam die langen, gewundenen Treppengäßchen hinunter. Sie war in ein großes Tuch von antikem, feingekrepptem Stoff gehüllt und hatte einen breitkrempigen Tanagrahut von geflochtenem Stroh auf dem Kopf. Die eine Hand sah aus den Falten ihres Umwurfs hervor und hielt einen kleinen hölzernen Fächer. Es gehörte zu ihrem Beruf, mit der Entrücktheit und dem Schimmer einer Legende ausgestattet zu sein, denn zu jener Zeit wandelte sich der griechische Geschmack zu einer Sehnsucht nach allem Antiken; es war daher ihre Aufgabe, sich so viel als möglich von andern Frauen zu unterscheiden und diese Verschiedenheit in Geld umzusetzen.

Die Kaufläden und Marktbuden befanden sich alle auf dem offenen Platz am Hafen, und hier, in dem hellen Sonnenlicht, erfreute sich das erregbarste und geschwätzigste aller Völker seines morgendlichen Trubels. Aber als die stille, tagträumende Gestalt unter ihnen auftauchte, verstummten die Feilschenden. Es war eben dieses Auftreten, wessen die griechischen Frauen ermangelten und wonach sie seufzten. Sie waren klein und dunkelhäutig und laut, und ihr unaufhörliches Schwatzen war von dem unaufhörlichen Spiel ihrer Hände begleitet. Das ganze Volk aber war von einer leidenschaftlichen Bewunderung für Haltung und heitere Abgeklärtheit und gelassene Gebärden besessen, und nun wurde eine Stunde lang jede Bewegung der Andrierin von den verstohlenen Blicken der Inselbewohner mit einer Mischung aus Scheu und Haß verfolgt. Die Leute von Brynos kamen sich, wenn sie erschien, dörfisch und krämerhaft vor. Bisweilen näherten sich ihr einige der jungen Männer, die in ihrem Haus zu Gast gewesen waren, und sprachen mit ihr. Da bestarrten dann die Mädchen und die jungen Ehefrauen der Insel mit Bestürzung und offenem Mund die Art, wie die Andrierin lächelte und sprach und dann ihre Brüder und zukünftigen Gatten verabschiedete. Im Schatten eines Sonnendachs lehnte Philumena an einer Mauer und beobachtete die Fremde; wenn sie den Kopf ein wenig wandte, konnte sie Pamphilos am Rechenpult in der Tür des väterlichen Warenspeichers sehen. Dann fiel ihr Blick auf ihre roten Arme und ihr grobes Gewand, und eine langsame Röte begann ihr Gesicht zu überziehen. Unterdessen war Chrysis das Herz immer schwerer geworden. ›Ich habe allein gelebt, und ich werde allein sterben‹, sagte es und stöhnte in ihr.

Auf dem Heimweg vom Markt verfiel sie in ein fieberisches Selbstgespräch. »Der Fehler liegt in mir selbst. Es ist mein Mangel an Beständigkeit bei meinen Neigungen. Ich weiß das. Darum, Chrysis, mußt du nun ein neues Leben beginnen; und du mußt dir irgendeinen Plan zurechtlegen. Du mußt dich mit deinem ganzen Sinnen und Trachten deinen Schäflein widmen. Du mußt all ihre Kälte und

Verstocktheit überwinden. Du mußt dich dahin bringen, sie wieder zu lieben. Du mußt die Glückseligkeit zurückerlangen, die du bei einem jeden fühltest, als du ihn bei dir aufnahmst. Es ist dieses Einerlei, es ist dieser tägliche Umgang, wodurch alles verdorben wurde. Es ist Feigheit, wenn ich Menschen nur so lange zu lieben imstande bin, als sie mir neu sind. Nun, Chrysis, nun! – Raffe dich auf!« Zum hundertsten Male war sie wieder von Hoffnung und Mut belebt. Es mußte ihr gelingen! Als sie sich dem Haus näherte, stolperte sie beinahe vor Eifer; sie wollte eine wirkliche Heimstätte schaffen. »Wenn ich sie genug liebe, kann ich sie gewiß verstehn«, murmelte sie. »Man lernt nie, wie man leben soll, oder das Licht darüber geht einem zu spät auf – wenn man sein Leben schon verdorben hat, verdorben über jedes Wiedergutmachen hinaus. Aber ich bin für fünfzig Jahre auf Erden, und es muß mir gelingen.«

Chrysis ahnte nicht, was während ihrer Abwesenheit im Haus vorging, noch auch, daß es, wenn sie es verließ, leer stand. Die Persönlichkeit ihrer Schäflein war ausgelöscht. Sie waren unruhig; sie strichen um das Tor und spähten in die Richtung, aus der Chrysis zurückkehren mußte; und ihre Gehirne hörten auf zu arbeiten und andre Gedanken zu fassen als solche, die beherrscht waren von dieser Mißgunst, die die Ergänzung der Ergebenheit ist.

Chrysis begriff nicht, daß ein Verschwenden von Liebe in unruhiger Besorgnis zu den Hauptbeschäftigungen auf unserem Planeten gehört. Wenn sie ausgegangen war, befiel Angst ihre Schützlinge, deren Abhängigkeit von ihr so groß war, daß sogar ihr nur zeitweiliges Fernsein sie an die Hilflosigkeit gemahnte, aus der sie von ihr errettet worden waren, – an Lebensumstände so furchtbarer Art, daß ihr bewußtes Denken niemals zu ihnen zurückkehrte, obgleich sie stets drohend und nicht sehr weit weg lauerten, ihr gegenwärtiges Geborgensein bereichernd und sie in ihrer Selbstsucht verhärtend. Alle diese Gegnerschaft schlug daher Chrysis in einer wahren Flut entgegen, als sie über die Schwelle ihres Heims taumelte. Und um die Mitte des Nachmittags sagte sie sich in fast kopfloser Verzagtheit: ›Es ist unmöglich. Ich vermag nichts. Sie hassen mich sogar. Aber glücklicherweise bin ich gestorben. Es ist nicht mein Stolz, der verletzt ist. Ich liege friedlich unter der Erde. – Aber ach! wenn uns nur etwas dabei Hilfe brächte! Wenn nur die Götter öfter unter uns weilten! Nichts zu haben, wonach man sich richten kann, als nur diesen Gedanken, diese undeutliche Ahnung, daß hier das Grundgesetz des Lebens verborgen liege!‹

Während des Gastmahls blickte sie nach Trost umher. ›Es ist auch feige von mir‹, dachte sie, ›nur bei diesen Mählern glücklich zu sein, wo ich das Gespräch lenken und meine Gedanken zur Schau tragen und mich bewundern lassen kann.‹ Aber diesmal stellte sich die aufheiternde Wirkung nicht ein; ihre Gäste erschienen ihr jünger und ferner denn je, und sie hinwiederum war launenhaft und beinahe reizbar. Es war daher nicht verwunderlich, daß das Gespräch Wendungen nahm, welche wenig geeignet waren, sie zu trösten.

Nikeratos, einer ihrer selbstsicheren Gäste, fragte sie, wie das Leben in zweitausend Jahren wohl sein werde.

»Nun«, erwiderte sie sogleich, »da wird es keinen Krieg mehr geben.«

»Ich hätte nicht den Wunsch, in einer Welt zu leben, wo es keinen Krieg gäbe«, antwortete er. »Das wäre ein weibisches Zeitalter.«

Nun war aber Chrysis eifersüchtig auf die Würde der Frauen bedacht und ließ keine Gelegenheit vorbeigehn, solche übereilt abfällige Urteile zu bekämpfen. Sie neigte sich vor und fragte aufmunternd: »Du wünschest dem Staat zu dienen, nicht wahr, Nikeratos?«

»Gewiß.«

»Und du bewunderst Tapferkeit?«

»Das tu ich, Chrysis.«

»Dann geh und gebäre Kinder!« erwiderte sie und wandte sich ab.

Nikeratos fand diese Bemerkung unziemlich und verließ das Haus. (Er hielt sich von den folgenden zwei Gastmählern fern, kehrte aber später wieder zurück und erbat ihre Verzeihung dafür, aus einer Meinungsverschiedenheit einen Grund zu persönlicher Verletztheit gemacht zu haben. Eingeständnisse eines Irrtums bereiteten Chrysis stets große Freude. »Glücklich sind die Verbindungen«, pflegte sie zu sagen, »die aus einer Verfehlung und einer Verzeihung hervorgehn.«)
Das Gespräch wandte sich hierauf den Stücken über Medea und Phädra zu, die sie bei einem früheren Gastmahl ihren Gästen vorgelesen hatte, und allen Äußerungen übermäßiger Leidenschaft. Die jungen Männer erklärten, daß das Problem nicht so verwickelt sei, wie es zu sein scheine, und daß solche Frauen, gleich unfolgsamen Sklaven, Schläge erhalten und bei einem Krug Wasser und ein wenig Brot in einer Kammer eingesperrt werden sollten, bis ihr Hochmut gebrochen wäre. Sie erzählten ihr sodann beinahe im Flüsterton die Geschichte eines Mädchens in einem Dorf am anderen Ende der Insel, das durch sein Benehmen die Familie und alle Freunde zur Verzweiflung gebracht habe. Das Mädchen habe es einige Zeit so weitergetrieben und sich zu seiner Zügellosigkeit gerühmt, bis es sich eines Morgens ganz früh erhob, eine hohe Klippe nahe seinem Heim erstieg und sich ins Meer stürzte. Ein

Schweigen senkte sich auf die Gesellschaft, als sich alle fragend an Chrysis wandten und eine Erklärung für solch einen Umschwung erbaten.
Zwar sagte sie sich: ›Versuch nicht, es ihnen zu erklären! Sprich von andern Dingen! Stumpfsinnigkeit ist allgegenwärtig und unbesiegbar.‹ Aber das andauernde erwartungsvolle Schweigen ihrer Gäste bewog sie schließlich. Sie schien einen Augenblick in tiefer Verwirrung mit sich zu kämpfen und begann dann mit leiser Stimme: »Es kam einmal die große Schar aller Frauen zu einer Versammlung zusammen. Und sie luden zu dieser Versammlung einen einzigen Mann, einen tragischen Dichter. Sie sagten ihm, daß sie der Welt der Männer eine Botschaft zu senden wünschten und daß er ihr Fürsprech und Sprachrohr sein solle. ›Sag ihnen‹, trugen sie ihm eifrig auf, ›daß wir nur dem äußeren Anschein nach unbeständig sind! Sag ihnen, dem sei so, weil wir von der Natur arg bedrängt und in bitterer Sklaverei gehalten werden, daß wir aber im Herzen – wenn sie bloß Geduld mit uns haben wollten – so beständig, so tapfer und so mannhaft sind wie sie selbst.‹ Der Dichter lächelte traurig und meinte, die Männer, die dies bereits wüßten, würden sich nur schämen, es abermals gesagt zu bekommen, und diejenigen, die es nicht wüßten, würden durch das bloße Hören nichts lernen; aber er willigte ein, die Botschaft zu überbringen. Die

Männer schwiegen anfangs und brachen dann einer nach dem anderen in Lachen aus. Und sie sandten den Dichter mit diesen Worten zu den Frauen zurück: ›Sag ihnen, sie sollen nicht besorgt sein und ihre hübschen Köpfchen nicht mit diesen Dingen beschweren. Sag ihnen, daß ihre Beliebtheit nicht am Aussterben ist und sie sie nicht durch heroisches Gehaben in Gefahr bringen mögen.‹ Als er diese Worte den Frauen wiederholte, erröteten manche vor Scham und manche vor Zorn; einige erhoben sich mit einem müden Seufzer: ›Wir hätten nie offen zu ihnen sprechen sollen‹, sagten sie. Sie gingen zurück zu ihren Spiegeln und begannen ihr Haar zu kämmen und weinten dabei.«

Chrysis hatte diese Geschichte kaum beendet, als ein junger Mann, der bisher am Gespräch wenig teilgenommen hatte, plötzlich in eine heftige Verurteilung der Art, wie sie ihren Lebensunterhalt erwarb, ausbrach. Dieser Jüngling gehörte zu jenen Leuten, die glauben, das Leben andrer auf einen Schlag nach einem Muster, das ihrem eignen Wesen entspricht, umformen zu können. Er hieß Chrysis nun eine Dienerin oder Näherin werden. Die andern Gäste begannen untereinander zu flüstern und verwirrt und beschämt das Gesicht abzuwenden. Chrysis aber saß da und sah ihm in die blitzenden Augen und bewunderte seinen Ernst. Es lag ein gewisser Genuß darin, zu innerer Verzweiflung noch eine äußere Demütigung hinzugefügt zu erhalten. Sie war bereits betrübt über die eben erst Nikeratos von ihr zugefügte Niederlage und beschloß nun, großmütig zu sein. Sie erhob sich und trat auf den jungen Fanatiker zu; seine Hand ergreifend, lächelte sie ihn mit ernster Herzlichkeit an und sagte zu der Gesellschaft: »Es ist wahr, daß von allen Formen des Genies die Tugend die längsten Flegeljahre durchzumachen hat.«

Aber diese Vorfälle waren nicht geeignet, ihren Sinn von der andauernden Bedrücktheit dieses Tages abzuziehen. ›Eitel! Leer! Vergänglich!‹ wiederholte die Stimme in ihr. Doch als sie eben daran war, den Tag mit der inhaltsschweren Zusammenfassung zu beschließen, daß sie dem Leben nichts zu leihen und keinen Platz darin auszufüllen habe, fiel ihr Blick auf Pamphilos. Aus einem Mangel an Selbstvertrauen war es seine Gewohnheit, den letzten Platz, am fernsten Ende des Raumes, einzunehmen. Die Gäste anerkannten seine Überlegenheit, aber als sie ihn eines Abends zum Symposiarchen wählen wollten, hatte er ihnen scheu und verstört seine Ablehnung bedeutet, und ihre Stimmen waren einem andern zugefallen. Chrysis' Blick jedoch hatte oft, so wie jetzt, auf diesem Haupt verweilt, das vorgeneigt war, um jedes ihrer Worte aufzufangen, und ein jedes mit solch ernster Stirn empfing.

›Das ist doch etwas!‹ sagte sie sich plötzlich, und für einen Augenblick setzte ihr Herzschlag aus.

Sie hatte vorgehabt, ihnen an diesem Abend die *Wolken* des Aristophanes vorzutragen, nun aber änderte sie ihre Absicht. Sie fühlte das Bedürfnis, ihr Herz und diese aufmerksamen Augen mit etwas Erhabenem und tief Empfundenem zu nähren. Vielleicht war das, was sie ›das Erhabene‹ nannte, in dieser Welt bloß eine schöne Form von Falschheit, die das Herz betrog. Aber sie wollte es heute abend wieder damit versuchen und sehen, ob es nach einem so niederdrückenden Tag irgendeine Regung von Zuversicht in ihr erwecke. ›Was soll ich lesen?‹ fragte sie sich, als die Tische entfernt wurden. ›Etwas aus Homer? – Priamos, wie er von Achilles den Leichnam Hektors erbittet? Nein . . . Nein . . . Und sie würden auch den *Oedipus auf Kolonos* nicht verstehn. Die *Alkestis*? Die *Alkestis*?‹

Einer der schüchterneren Gäste, der sah, daß sie bei der Wahl des abendlichen Vortrags zaudernd überlegte, bat bescheiden, sie mögen den *Phaidros* des Plato lesen.

»O mein Freund«, erwiderte sie, »ich habe das Buch seit mehreren Jahren nicht angesehen. Ich wäre gezwungen, lange Stellen darin aus dem Stegreif . . .«

»Könntest du – könntest du den Anfang und den Schluß lesen?«

»Ich will es für dich versuchen«, erwiderte sie, erhob sich langsam und ordnete die Falten ihres Gewandes um sich. Die Dienerinnen zogen sich zurück, und Schweigen senkte sich auf die Gesellschaft. Dies war (an glücklicheren Abenden) der Augenblick, den sie liebte: dieses Verstummen, diese eifrige Erwartung, diese leicht spöttische Herzlichkeit. ›Was treibt diese hier‹, fragte sie sich nun, ›was treibt sie, daß sie in den nächsten fünfzehn Jahren so anmutlos werden, so anmutlos ... so wichtigtuerisch, so neidisch oder so eifrig vergnügt?‹

Anfangs ging alles gut. Die jungen Männer lauschten mit Entzücken dem Bericht, wie andre Jünglinge sich in den Straßen und Palästren Athens sammelten, um die Streitgespräche des Sokrates anzuhören. Während sie lauschten, waren sie darin einig, daß nichts auf der Welt höher zu schätzen sei als eine wohlgesetzte Rede. Dann folgte die Beschreibung des Spaziergangs, den Sokrates mit Phaidros aufs Land hinaus unternahm. *»Dies ist fürwahr ein erlesener Ruheplatz. Sieh nur, wie hoch die Platane emporschießt und wie breit ihre Äste sind. Auch der Keuschbaum steht üppig da und gibt den schönsten Schatten, und von seinen vollen Blüten duftet uns ja der ganze Ort. Und der Bach fließt klar unter der Platane und kühl; wir wollen schnell das Wasser mit dem Fuß versuchen. Die Bildnisse* *und Weihgeschenke sagen uns, daß dies gewiß ein den Nymphen und dem Acheloos heiliger Ort ist ... Wahrlich, mein lieber Phaidros, du bist ein bewundernswerter Führer!«*

Von hier ging Chrysis auf den Schluß über:

»Aber laß uns nun gehn, da die Hitze des Tages vorbei ist.«

Sokrates: »Wäre es nicht wohlgetan, ehe wir gehn, ein Gebet an die Gottheiten dieses Ortes zu richten?«

Phaidros: »Gewiß, Sokrates.«

Sokrates: »Geliebter Pan und all ihr andern Götter, die ihr diesen Ort mit eurer Gegenwart erfüllt! Gebt, daß ich schön werde im innern Menschen und daß, was immer mir von außen zukommt, harmonisch sich dem eine, was in mir ist. Möge ich den weisen Mann allein für reich halten. Und möge ich an Gold stets nur so viel besitzen, als der Rechtschaffene darf. – Phaidros, brauchen wir mehr zu sagen? Was mich selbst betrifft, habe ich genug erbeten.«

Phaidros: »Und laß dein Gebet auch für mich gelten, denn dies sind die Güter, in die Freunde sich teilen sollen.«

Alles ging gut bis zu dieser Stelle. Hier aber konnte Chrysis, die abgeklärte, die glückselig Gestorbene, als sie die Tränen erblickte, die Pamphilos in den Augen standen, nicht mehr weiter, und vor ihnen allen weinte sie, wie einer weint, der nach einer törichten und eigenwilligen Abwesenheit zurückkehrt an einen vielgeliebten Ort und zu einem alten Glauben. Es war wahr, über jeden Zweifel wahr, tragisch wahr, daß die Welt der Liebe und Tugend und Weisheit die wahre Welt war und ihr Mißerfolg in ihr um so niederschmetternder. Aber sie stand nicht allein; auch er sah, so wie sie, den langen, fruchtlosen Kampf, und sie liebte ihn, als liebte sie zum erstenmal und so, wie man nie wieder zu lieben vermag. Das war besiegelt; das galt nun für immer.

Nach einigen Augenblicken sammelte sie sich und beschwichtigte die Gäste, die sich, um sie besorgt, erhoben hatten. »Sitzt nieder, meine Freunde! Ich bin nun bereit«, sagte sie lächelnd. »Ich werde euch die *Wolken* des Aristophanes lesen.«

Aber es währte einige Zeit, bis das Lachen zwischen den Ruhebetten aufklang, das Lachen, das ein geziemender Tribut an den göttlichen Witz des Dichters der *Wolken* war.

Brynos erwachte stets mit dem ersten Tagesschimmer, und es währte nicht viele Stunden, bis des Morgens Arbeit getan war. Mehrere Tage nach dem eben verzeichneten Gespräch macht sich Pamphilos, der seinem Vater im Warenlager geholfen hatte und nicht in der Stimmung war, in der Palästra zu üben, auf den Weg nach dem höchsten Punkt der Insel. Es war zu Anfang des Frühlings. Ein starker Wind hatte jede Wolke vom Himmel geblasen, und das Meer lag mit fliehenden, weißgekrönten Wellen da. Des jungen Mannes Gewand flatterte und bauschte sich um ihn, ja sein Haar zog und zerrte an seinem Kopf. Sogar die Möwen, die sich von den Windstößen tragen ließen, wurden von Zeit zu Zeit unversehens erfaßt und mit zerzausten Federn und entrüsteten Schreien gegen den veilchenblauen Zenit geblasen.

Pamphilos lebte sein Leben mit viel Kopfzerbrechen und Selbstbefragen, und alle Aufheiterung durch Wind und Sonne konnte aus seinem Gemüt nicht die zärtliche Besorgtheit vertreiben, mit der er nun seine Gedanken an Chrysis und Philumena und die vier Mitglieder seiner Familie hin und her wandte. Er streifte zwischen den Felsen mit ihren

Eidechsen und zwischen den vernachlässigten verzwergten Ölbäumen umher, als seine Aufmerksamkeit plötzlich von einer Szene am Abhang zu seiner Linken gefesselt wurde. Eine Schar Knaben aus der Stadt vergnügte sich damit, ein junges Mädchen zu quälen. Es wich bergauf vor ihnen zurück, durch einen verwilderten Obstgarten, und schrie hochmütig den Verfolgern zu. Die Bosheit der Knaben hatte sich in Zorn verwandelt; sie erwiderten hitzig und ließen ein paar harmlose Steine um das Mädchen sausen. Pamphilos schritt zu der Gruppe hinüber und sandte die Knaben mit einer Handbewegung den Hang hinab. Das Mädchen stand noch immer mit gerötetem Gesicht und mißtrauischer Miene an einen Baum gelehnt und wartete auf sein Näherkommen. Sie sahen einander einen Augenblick lang schweigend an. Endlich fragte Pamphilos: »Was gibt's?«

»Sie sind einfach Dorflümmel, weiter nichts. Sie haben noch nie jemand gesehn, der nicht aus ihrem elenden Brynos stammt.« Und sie begann vor Zorn und Enttäuschung unbeherrschbar und verzweifelt zu schluchzen.

Pamphilos betrachtete sie einige Zeit und fragte dann, wohin sie habe gehn wollen.

»Nirgendshin. Ich wollte ein wenig umherstreifen; sie folgten mir aus der Stadt. Ich kann keinen Schritt tun. Ich kann nirgends hingehn . . . Ich habe ihnen nichts getan. Ich bin bloß allein gegangen, und sie haben mir Schimpfworte nachgeschrien. Sie sind mir hier herauf gefolgt; ich habe zurückgeschimpft, und dann fingen sie an, Steine nach mir zu werfen. Das ist alles.«

»Ich glaubte jeden Menschen auf dieser Insel zu kennen«, sagte Pamphilos nachdenklich, »aber ich habe dich nie zuvor gesehn. Bist du schon lange hier?«

»Ja, ich bin schon beinahe ein Jahr hier«, erwiderte sie und fügte murmelnd hinzu: ». . . aber ich gehe fast nie aus oder irgendwohin.«

»Du gehst fast nie aus?«

»Nein.« Und sie zupfte an ihrem Kleid und starrte stirnrunzelnd aufs Meer.

»Du solltest versuchen, einige von den andern Mädchen kennenzulernen, und mit ihnen gehn.«

Diesmal wandte sie sich herum und blickte ihm ins Gesicht. »Ich kenne keins der andern Mädchen. Ich . . . ich lebe daheim, und man läßt mich nicht aus dem Haus – nur wenn ich des Nachts ausgehe mit . . . nun ja, mit Mysis.« Sie wurde noch immer von Schluchzen geschüttelt, aber sie ordnete ihr Haar und zog die Falten ihres Gewandes zurecht. »Ich verstehe nicht, warum sie Steine nach mir schleudern müssen«, fügte sie hinzu.

Pamphilos sah sie ernst und schweigend an. Alsbald sammelte er sich und sagte: »Dort drüben liegt ein

großer flacher Felsblock. Willst du mitkommen und dort niedersitzen?«
Sie folgte ihm dahin, noch immer mit ihrem Haar beschäftigt und mit den Fingern über Augen und Wangen streichend.
»Ich habe eine Schwester, ungefähr in deinem Alter«, sagte Pamphilos. »Du kannst einen Anfang damit machen, daß du sie kennenlernst. Du kannst mit ihr umhergehn, und dann wärst du keine Fremde mehr. Sie heißt Argo. Ihr würdet Gefallen aneinander finden, das weiß ich. Meine Schwester webt an einem großen Mantel für meine Mutter, und sie würde es gern sehen, wenn du ihr helfen wolltest, und sie könnte dir bei deiner Arbeit helfen. Webst du auch einen Mantel?«
»Ja.«
»Das wäre schön«, sagte Pamphilos, und von diesem Augenblick an liebte Glykerion ihn für immer.
»Vermutlich kenne ich deinen Vater, wie?« fragte er.
»Ich habe keinen Vater«, erwiderte sie und blickte zaghaft zu ihm auf. »Ich bin die Schwester der Andrierin.«
»Du?« sagte Pamphilos, so erstaunt wie noch nie im Leben. »Ich kenne deine Schwester gut.«
»Ja«, sagte Glykerion. Ihr feuchtglänzenden Augen wanderten über das streifige Meer und die vom Wind getriebenen Vögel. »Sie will nicht, daß ir-

gend jemand wisse, ich sei hier. Den ganzen Tag bleibe ich oben im Haus oder arbeite im Hof. Nur des Nachts darf ich mit Mysis ausgehn. Auch jetzt sollte ich zu Hause sein, aber ich habe mein Versprechen gebrochen. Ich wollte wissen, wie die Insel und das Meer bei Tag aussehn. Und ich wollte nach Andros hinüberblicken, woher ich komme. Aber die Knaben folgten mir hier herauf und warfen Steine nach mir, und ich kann nie wieder herkommen.«

Hier begann sie noch verzweifelter zu weinen als zuvor, und Pamphilos vermochte nichts zu sagen als mehrmals »aber, aber« und »ja, ja«. Schließlich fragte er sie, wie sie heiße.

»Glykerion. – Chrysis ging schon vor langer Zeit von daheim weg, und ich lebte bei meinem Bruder, und der starb, und ich konnnte nicht mehr dort wohnen. Und ich hatte keinen Ort, wo ich hingehn konnte, oder sonst etwas, und eines Tags kam sie zurück und nahm mich zu sich. Das ist alles.«

»Hast du noch andre Geschwister?«

»Nein.«

»Wer ist Mysis?«

»Mysis ist keine Griechin. Sie ist aus Alexandria. Chrysis hat sie gefunden. Alle, die im Haus sind, – sie hat sie einfach irgendwo gefunden. Das tut sie so. Mysis war eine Sklavin in den Tuchwalkereien. Manchmal erzählt sie mir davon.«

Pamphilos betrachtete sie noch immer, und sie, ihren wandernden, ausweichenden Blick vom Meere zurückholend, sah ihn aus ihrem schmalen Gesicht mit großen, hungrigen Augen an. Sogar ein langer, langer Blick konnte sie beide nun nicht mehr verwirren.

»Soll ich Chrysis bitten, dich bei Tag auf der Insel umhergehn zu lassen?«

»Wenn sie es nicht will, dürfen wir sie nicht umstimmen. Chrysis weiß es am besten.« Sie wandte sich von ihm ab und setzte mit leiserer Stimme, verträumt und bitter hinzu: »Aber was soll aus mir werden? Soll ich stets eingesperrt bleiben? Ich bin schon fünfzehn. Die Welt ist voll von wunderbaren Dingen und Menschen, die ich vielleicht nie kennenlernen werde. Es war schlecht von mir, mein Versprechen nicht zu halten; aber jahrelang leben, ohne je neue Menschen kennenzulernen . . .! Sie den ganzen Tag lang an der Tür vorbeigehn zu hören und sie nur von weitem zu sehn . . .! Glaubst du, daß ich sehr unrecht getan habe?«

»Nein.«

»Ich kenne niemand. Niemand!«

»Nun . . . nun, du wirst meine Schwester kennenlernen. Das wird ein Anfang sein«, sagte er und nahm ihre Fingerspitzen behutsam und verwundert zwischen die seinen.

»Ja«, erwiderte sie.

»Alles beginnt nun erst. Ich bin dein Freund. Dann meine Schwester. Bald wirst du eine ganze Menge haben. Du wirst sehn.«

»Aber wo werde ich in fünf Jahren sein und in zehn Jahren?« rief sie und blickte wild um sich. »Ich weiß es nicht. Ich fürchte mich. Ich bin unglücklich. Jeder Mensch auf der Welt ist glücklich, nur ich nicht!«

Die ersten Liebkosungen der Hände – nie wieder so unbefangen wie beim Erwachen der Liebe – sind wie ein Bündnis des Lebensmuts zweier Seelen gegen eine verwirrende Welt. Als seine Hand von ihrem Haar auf ihre Schulter glitt, wandte sie sich ihm mit geöffneten Lippen und zögernden Augen zu, dann schlang sie jäh die Arme um seinen Hals. Ihm ins Ohr wiederholten ihre Lippen stürmisch: »Ja, ja, ja. Ich kann nicht ewig dort bleiben. Ich würde nie jemand kennenlernen. Ich würde nie jemand sehn.«

»Sie wird dich zu mir kommen lassen«, sagte er.

»Nein«, entgegnete Glykerion. »Aber ich werde trotzdem kommen. Ich darf sie nicht darum bitten. Sie würde mich nicht lassen. Sie weiß immer, was das beste ist. Und die Knaben können Steine werfen, soviel sie wollen. Ich mache mir nichts daraus, wenn du hier bist. – Wie . . . wie heißt du?«

»Ich heiße Pamphilos.«

»Darf ich . . . darf ich dich so nennen?«

Es geschah nicht bei diesem noch beim nächsten Zusammensein, wohl aber beim dritten, unter den zwerghaften Ölbäumen, daß die Liebkosungen, die scheinbar Ermutigung, Mitleid, Bewunderung ausdrücken sollten, von der Natur zu ihren eigenen Zwecken gelenkt wurden.

Das war zu Beginn des Frühjahrs gewesen. Eines Nachmittags im Spätsommer verließ Chrysis ihr Haus und erstieg den Hügel dahinter. Ein großes Verlangen, allein zu sein und nachzudenken, erfüllte sie. Sie blickte über das glitzernde Meer. Der Wind war mäßig an diesem Nachmittag, und vor ihm eilten die zahllosen zierlichen Wellchen gegen das Ufer, liefen mit einem langen Flüstern den Sand hinauf oder lüfteten vor den Felsen verschämt einen Schleier von Schaum. In der Ferne führte eine Schar von Delphinen, die mit ihren ewigen Spielen beschäftigt waren, den langen Zug gewölbter Rücken an. Das Wasser war an manchen Stellen durchzogen von seltsamen Feldern und Straßen eines lichteren Blaus; und dahinter, in der Ferne, gewahrte sie voll Freude den veilchenfarbenen Schattenriß von Andros. Eine Weile streifte sie auf dem Hügelrükken umher, vergewisserte sich, daß niemand sie beobachtete oder ihr folgte, und suchte dann, auf der andern Seite hinabsteigend, ihr Lieblingsplätzchen auf, eine Felsgruppe, die neben einer geschützten kleinen Bucht ins Meer vorsprang. Als sie sich der Stelle näherte, lief sie beinahe taumelnd dahin, und im Laufen murmelte sie sich beruhigend zu:

›Gleich sind wir da! Warte nur, gleich sind wir da!‹ Sie kletterte über Felsblöcke und ließ sich schließlich in ein Amphitheater von heißem, trockenem Sand hinab. Sie begann ihr Haarband zu lösen, hielt aber plötzlich inne. ›Nein, nein. Ich muß nachdenken‹, unterbrach sie sich. ›Hier würde ich einschlafen. Ich muß zuerst denken . . . Ich komme bald zurück‹, nickte sie dem Ort zu, und ihre Wanderung fortsetzend, erreichte sie die äußersten Felsblöcke und setzte sich. Sie stützte das Kinn auf die Hand, und die Augen auf den Himmelsrand richtend, wartete sie, daß die Gedanken kämen.

Das erste, was es zu bedenken gab, war ihre Krankheit. Mehrere Male war sie von einem heftigen Flattern in ihrer linken Seite geweckt worden, das anhielt und sich verstärkte, bis sie meinte, es würde ihr ein großer Pfahl ins Herz gerammt. Und den ganzen Tag blieb ihr dann ein Gefühl, als lastete ein schweres Gewicht auf der Stelle, wo dieses Leiden saß. ›Vermutlich . . . sehr wahrscheinlich‹, sagte sie sich, ›werde ich das nächste Mal daran sterben.‹ Bei diesem Gedanken wurde sie von einer Welle von Vorahnungen überflutet. »Ich werde wahrscheinlich daran sterben«, wiederholte sie leichthin und begann, ihre Aufmerksamkeit einigen Krabben in dem Tümpel zu ihren Füßen zuzuwenden. Sie pflückte hinter sich ein paar Halme und zog sie vor den Augen der empörten Tierchen durchs Wasser. ›Nichts könnte mich dazu bringen, meine Schäflein zu verlassen, aber wenn ich sterbe, sind sie wieder dem Zufall preisgegeben, wie ich es war. Glykerion, was wird aus dir? – Apraxine, Mysis . . .? Es gibt Zeiten, wann wir auch nicht einen Schritt weit sehen können, aber fünf Jahre später essen und schlafen wir doch irgendwo.‹ Es lag ein erheiternder Humor darin, sich vorzutäuschen, das eigene Herz wäre dermaßen verhärtet. »Ja«, sagte sie laut zu dem Schmerz, der in ihr pochte, »nur komm schnell!« Sie neigte sich vor, noch immer die Halme vor den Krabben hinziehend. »Ich habe fündunddreißig Jahre gelebt. Ich habe genug gelebt. – *Fremdling, nahe diesem Ort liegt Chrysis, die Tochter des Arches aus Andros; das Mutterlamm, das von der Herde sich verirrte, lebt viele Jahre in einem Tage und stirbt in hohem Alter, wenn die Sonne sinkt.«* Sie lachte über den trügerischen Trost des Selbstbedauerns, und die eine Sandale abstreifend, tauchte sie den Fuß ins Wasser. Einen Augenblick schrak sie auf: Was war zum Abendessen für ihre Schäflein im Hause? Dann, als sie sich erinnerte, daß ein paar Fische und Salat auf dem Wandbrett lagen, kehrte sie zu ihren Gedanken zurück. Sie wiederholte die Worte der Grabschrift, machte ein Lied aus ihnen und übertrieb in Selbstverspottung ihr falsches Gefühl. »O Andros, o Poseidon, wie glücklich bin ich! Ich habe kein Recht, so glücklich zu sein . . .«

Und sie wußte, als sie auf den Fries der noch immer in der Ferne spielenden Delphine blickte, daß ihr Geist einer andern Frage, die ihrer harrte, auswich. ›Ich bin glücklich, weil ich diesen Pamphilos liebe – Pamphilos, den ängstlichen, Pamphilos, den einfältigen. Warum kann nicht jemand ihm sagen, daß es nicht notwendig ist, so sehr am Leben zu leiden?‹ Und es entrang sich ihr der leise, verzweifelte Seufzer, der unser Einspruch ist gegen den unmöglichen, den unverbesserlichen geliebten Menschen. ›Er glaubt, er tauge nichts. Er glaubt, er sei dem Leben nie und in nichts gewachsen. Laßt ihn, o ihr Götter, endlich davon abstehn, die Leidenden zu bemitleiden! Laßt ihn lernen, nach der andern Seite zu blicken! Sie ist etwas Neues in der Welt, diese Sorge um die Untauglichen und Gebrochenen. Wer einmal damit beginnt, kann nur im Wahnsinn enden. Das alles führt zu nichts. Nur ein Gott dürfte es auf sich nehmen.‹ Und während sie dies vor sich hin murmelte, entdeckte sie, daß sie weinte; aber als sie sich die Augen getrocknet hatte, dachte sie noch immer an ihn. ›Menschen wie er sind sich ihrer Güte nicht bewußt! Sie schlagen sich mit den Fäusten vor die Stirn wegen ihrer Unzulänglichkeit, und dabei sind wir andern schon beglückt, wenn wir uns ihres Angesichts erinnern. Pamphilos, auch du bist ein Vorbote der Zukunft. Eines Tages werden die Menschen sein wie du. Blick nicht so düster drein . . .‹

Aber diese Gedanken waren ermüdend. Sie erhob sich, kehrte zu dem Amphitheater zurück und streckte sich auf dem Sand aus. Sie sprach sich einige Bruchstücke aus den Chören des Euripides vor und schlief ein. Sie hatte stets auf den Inseln gelebt, und diese heiße, gleichgültige Sonne, die auf einem kalten, gleichgültigen Meer spielte, hatte für ihr Gemüt nichts Unfreundliches. Die Eintönigkeit von Sonne und Meer umfing sie nun zwei Stunden lang und verwob sich der Stimmung ihres schlafenden Geistes. Wie einst, über Odysseus wachend, die grauäugige Athene stand – auf ihren Langspeer gelehnt, ihr großes Herz voll Besorgnis und jener weitgespannten Göttergedanken, die ihr eigen sind –, so verdichteten sich auch jetzt Ort und Stunde zu göttlicher Gegenwart und gossen ihren Einfluß über Chrysis. Als ihre Augen sich endlich öffneten, lauschte sie eine Weile der Stille in ihrem Herzen. ›Eines Tags‹, sagte sie sich, ›werden wir verstehn, warum wir leiden. Ich werde unter den Schatten in der Unterwelt weilen, und eine wundervolle Hand, eine Alkestis, wird mich berühren und mir bedeuten, was der Sinn alles dessen ist; und ich werde stundenlang leise lachen, wie ich jetzt lache – wie ich jetzt lache.‹

Sie erhob sich, und ihr Haar aufbindend, schickte sie sich an, den Abhang hinaufzusteigen. Aber eben als sie sich wandte, um den Ort zu verlassen, überkam sie das Verlangen, etwas Feierliches zu tun – die Stunde zu weihen. Sie richtete sich hoch auf und streckte die Arme der sinkenden Sonne nach: »Wenn du noch immer Gebete von den Lippen Sterblicher erhörst, wenn unsere sehnsüchtigen Wünsche dich rühren können, höre mich nun! Gib diesem Pamphilos irgendeine Gewißheit – eine solche Gewißheit, wie du sie mir Wankelmütiger gegeben hast, – die Gewißheit, daß er recht tut. Und wenn es sein darf (ich sage dies nicht aus Eitelkeit oder Hochmut, Apollon, – doch vielleicht ist es schwächlich, ist es kindisch von mir, vielleicht macht es mein ganzes Gebet kraftlos!), wenn es sein darf, laß den Gedanken an mich oder an eins meiner Worte ihm eines Tages tröstlich sein, und ... und ...«

Aber die Arme fielen ihr an den Seiten herab. Die Welt schien leer zu sein. Die Sonne sank. Meer und Himmel wurden mit einmal fern, und sie blieb zurück, allein mit ihren Tränen und der Sehnsucht in ihrem Herzen. Sie schloß die Lippen und wandte den Kopf zur Seite. »Es gibt wohl keine Götter«, flüsterte sie. »Wir müssen uns selber helfen. Wir müssen uns durchs Leben schleppen, so gut wir können.«

Chrysis hatte den Fehler begangen, die Mitglieder ihres Hausstands an ihre unveränderliche Anwesenheit zu gewöhnen, und nun, während sie schlief, wurden sie zunehmend ungehalten über ihr Fernbleiben. Zu zweien und dreien lungerten sie am Tor und spähten mit einer Mischung von Zorn und Beunruhigung nach rechts und links.

»Wenn sie heimkommt, seht zu, daß niemand ein Wort zu ihr spricht!« ordnete Apraxine an, ein hochgewachsenes, lahmes Weib, das Chrysis, verprügelt und für tot zurückgelassen, am Rande der Wüste unterhalb der Terrassen Alexandriens gefunden hatte.

»Tut, als sähet ihr sie nicht!«

». . . für einen ganzen Tag davonzugehn, ohne einer Menschenseele ein Sterbenswörtchen zu sagen!«

»Ich weiß bloß, daß ich nicht den Wunsch habe, in einem Haus zu bleiben, wo ich für nichts geachtet werde.«

». . . für weniger als nichts, so scheint es.«

Alsbald jedoch geschah etwas, das ihre Gemüter von ihrem Unwillen ablenkte. Ein neues Schäflein traf bei der Herde ein.

Unter Simos Siegel war das Geld, das Chrysis für den Unterhalt des vom Wahnsinn befallenen Schiffshauptmanns bestimmt hatte, sicher nach Andros gelangt. Aber die Wärter des Philokles waren längst ihres Amts überdrüssig und ob der ausgebliebenen Zahlungen unzufrieden geworden. Sie beschlossen, das Geld nun dazu zu benützen, ihn nach Brynos zu verschiffen. Zu diesem Zweck war es nötig, einen einigermaßen klaren Geisteszustand ihres Pfleglings abzuwarten. Solch ein Augenblick trat endlich ein; sie schnürten eilig sein Bündel, kämmten sein Haar und führten ihn hinab ans Gestade, wo sie den Hauptmann eines Schiffes fanden, das zwischen den Kykladen segelte; er war bereit, den Auftrag zu übernehmen. Und so kam es, daß an dem Nachmittag, an dem sich Chrysis in die Einsamkeit zurückgezogen hatte, Philokles in Brynos eintraf. Ein Knabe, der in einer der Weinschenken am Hafen bedienstet war, wurde beauftragt, ihn zu ihrem Haus zu geleiten, und so sah sich der kindhafte Schiffshauptmann auf einmal mitten unter die sich verschwörenden Schäflein in den Hof versetzt.

Zehn Jahre zuvor war Philokles der größte Seefahrer des Mittelmeeres gewesen, allen andern an Geschicklichkeit und Erfahrung überlegen und alle an Ruhm überragend. Er war viele Male in Sizilien und Karthago gewesen; er war zwischen den Säulen des Herakles hindurchgefahren bis zu den Tyrischen Bergwerken in Britannien. Auf der Suche nach neuen Inseln war er viele Monate lang über die große Wasserwüste westwärts gesegelt und durch den sichtbaren Zorn der Götter zur Umkehr gezwungen worden. Zu seiner Zeit war ein Mann ein Seefahrer oder ein Handelsherr oder ein Bauer, aber in der großen Zeit waren die Menschen vor allem Athener oder Griechen gewesen, und die Inselbewohner betrachteten Philokles als zu dieser Art gehörig, als einen späten Riesen. Er stand bereits in mittleren Jahren, als Chrysis ihn kennenlernte – sie war auf einer seiner Fahrten nach Ägypten sein Schiffsgast – und es machte sie staunen, jemand Schweigsamen in einer schwatzenden Welt und einen Mann mit stillen Händen in einer gestikulierenden Kultur zu finden. Er war von allen Wettern gebräunt und gegerbt. Auf den Hafenplätzen der Küstenstädte stand er breitbeinig da, als wären seine Füße für immer auf ein schwankendes Verdeck gesetzt. Er schien zu groß für den Alltag; sogar seine Augen waren seltsam: kürzerer Entfernungen ungewohnt und zu sehr darauf eingestellt, das Auftauchen eines Sternbilds zwischen zwei Wolken oder die Umrisse eines Vorgebirgs im Regen zu erhaschen. Sturm und Wetter, Salzwasser und Hunger hatten seinen Kopf gemeißelt, und sein Geist war durch das erzwungene Asketentum lange währender Pflicht und weiter Seereisen nicht reger, wohl aber reicher und gesammelter geworden. Er gehörte zu den Männern, die Chrysis in ihrem ganzen Leben am meisten geliebt hatte, und sie war

es gewesen, die sein Geheimnis entdeckte, das Geheimnis, daß es weder Abenteuerlust noch Gewinnsucht war, was ihn durch sein ereignisreiches Leben trieb. Er verbrachte einfach die Zeit und füllte die Stunden aus, während er auf die Erlösung von einem Leben wartete, das mit dem Tod seiner Tochter jede Bedeutung für ihn verloren hatte. Chrysis und er erkannten eins in des andern Auge das Gemeinsame, das sie verband: Beide waren sie, soweit es auf sie selbst ankam, ›gestorben‹. Sie lebten eine Stufe entfernt von jenem Ich, das die allermeisten der Menschen aufrechthält, jenem Ich, das ein Bündel von Selbstbehauptung, von Begierden, von Eitelkeiten und leicht verletztem Stolz ist. Vor nunmehr drei Jahren war Philokles gezwungen worden, einige Schiffe einer kriegführenden Stadt zu befehligen. Er war in Gefangenschaft geraten und verstümmelt worden, und was von solch einem königlichen Menschen übrig blieb, war ein furchtsames Kind.
Die Schäflein prüften den Neuankömmling, der so unversehens in ihre Mitte verschlagen worden war. Sie fragten ihn aus und belustigten sich an seinen Antworten. Dann wiesen sie ihm eine Bank in der Sonne an, wo er nach Herzenslust vor sich hin murmeln mochte.
Die Sonne ging unter, und bald darauf kam Chrysis, mit einem um Entschuldigung bittenden La-

chen und sich das Haar zurückstreichend, zum Tor hereingestolpert: »Vergebt mir, meine lieben Freunde, vergebt mir! Ich bin eingeschlafen am Strand, und es tut mir sehr leid, daß ich so spät komme.« Die Männer und Frauen zogen hämisch die Brauen hoch und fuhren in ihren Beschäftigungen fort. »Apraxine, ist etwas geschehn?« Apraxine räusperte sich mit alexandrinischem Hochmut und wurde ganz davon in Anspruch genommen, einen Faden auf dem Boden zu suchen. »Nun müssen wir etwas besonders Erlesenes zum Abendessen finden!«

Die Schäflein tauschten bemitleidende Blicke über all diese flitterige Künstlichkeit, und als Chrysis ins Haus gegangen war, brachen sie in Gelächter aus. Das Gelächter klang herablassend, aber die Seele war der Gemeinde zurückgekehrt. Schließlich ging auf ein Zeichen von Apraxine Glykerion zur Tür und meldete Chrysis, daß Philokles aus Andros eingetroffen sei. Er hatte sie vorbeigehn gesehen, und ein Biß der Erinnerung hatte ihn erzittern machen. Nun erhob er sich und schritt unsicher in die Mitte des Hofs. Sie sah ihn vor sich stehn, hager, mit hohlen, verwirrten Augen und ungepflegtem Bart.

Sie trat auf ihn zu und wiederholte mehrmals:

»Mein Freund, mein lieber Freund!« Aber als sie

ihn umarmte, schien eine Stimme zu ihr zu sagen: ›Etwas wird geschehn. Die Fäden meines Lebens ziehen sich zusammen.‹

In der Nacht wurde Chrysis aus einem leichten, fiebrigen Schlummer durch das ahnungsvolle Bewußtsein geweckt, daß jemand in ihrer Nähe sei. Sie stützte sich auf den Ellbogen und starrte auf den matten Schimmer der Tür.
»Wer ist da? Wer ist da?« rief sie leise.
Eine Gestalt schien sich mit einmal von der Schwelle zu erheben. »Ich bin's. Glykerion.«
»Ist etwas geschehn? Ist jemand krank?«
»Nein . . . ich wollte nur . . .«
»Zünde eine Lampe an, Kind! Was willst du?«
»Chrysis, bist du mir böse, weil ich dich weckte? Ich konnte nicht schlafen, Chrysis. Ich mußte einfach in deine Kammer kommen.«
»Aber warum weinst du, mein Liebling, mein Täubchen? Komm jetzt und setz dich hier auf den Bettrand! Ich bin dir gewiß nicht böse.« Glykerion sank neben dem Bett nieder. »Nein, nein – der Boden ist kalt. Komm, setz dich hierher! Dein Haar ist naß! Nun sag mir: was macht dich so unglücklich?«
»Nichts.«
»Wie? – Dann hast du mir gewiß etwas zu erzählen.«

»Nein . . . Ich weiß nicht, was . . . Ich will bloß, daß du zu mir sprichst.«

»Nun, ich habe dir wahrhaftig etwas zu sagen.« Chrysis streichelte Glykerions Haar und folgte mit ihren Fingerspitzen zart den Strähnen, wie sie sich vor und hinter das Ohr schmiegten, als Glykerion jäh die Arme um den Hals der Schwester warf und unbeherrschbar zu schluchzen begann. Chrysis fuhr ernst mit ihrer Liebkosung fort, im Glauben, daß sie es bloß mit einem der sinnlosen Anfälle von Verzweiflung zu tun habe, die sich auf die Jugend herabsenken, wenn das zehrende Weh des Daseins zum erstenmal von dem heranreifenden Gemüt wahrgenommen wird. »Aber, aber!« murmelte sie in halblautem Rhythmus. »Sch . . . sch . . . sch . . . sch . . . Wir haben dich doch lieb. Wir alle hier im Haus haben dich lieb. Unsre schöne Glykerion, unsre sanfte, gute, unsre wunderschöne Glykerion . . . sch . . sch . . . so . . . so! Ist es nun besser? Ich habe eine gute Nachricht für dich – nein, nein, es ist mehr als genug Platz – höre doch! Von morgen an wirst du ein ganz andres Leben führen. Ich werde dich allein auf der Insel umherwandern lassen, wohin du nur willst. Und wenn Mysis und ich auf den Markt gehn, kannst du mit uns kommen. Du magst auf die Hügel steigen, wenn du willst, und du magst den Strand auskundschaften – ich werde dir sogar das allergeheimste Geheimnis meines Herzens zeigen: eine wunderschöne geschützte Stelle am Meer, wo man völlig allein sein kann ... Nun? – Freust du dich? Macht dich diese Neuigkeit nicht glücklich?«

»Ja, Chrysis.«

»Aber! Ich dachte, es würde dich sehr glücklich machen, und du sagst nichts weiter als: Ja, Chrysis!«

»Chrysis, sag mir: Was soll aus mir werden?«

Chrysis veränderte ihre Lage und schloß im Dunkel für einen Augenblick die Lider. «O mein Liebstes, mein Liebstes ... das fragt jeder Mensch auf Erden. – Aber sag mir erst, was du werden willst?«

»Ich will jemand heiraten ... und in seinem Heim sein. Sag mir, Chrysis: Kann ich jemand heiraten? Ohne Vater und Mutter, ohne alles; ist es da möglich, daß ich jemand heiraten kann?«

»Mein Liebling, es gibt immer ...«

»Chrysis, ich bin nun erwachsen. Ich bin fünfzehn. Bitte, sag mir die Wahrheit! Ich muß sie wissen. Sag nicht bloß etwas, damit ich still sei. Ich muß die Wahrheit wissen. Kann ein Mann mich je zur Frau nehmen? – Warum zögerst du so lange, mir zu antworten?«

»Ich hatte mir vorgenommen, offen mit dir über alle diese Dinge zu sprechen. Aber nicht jetzt. Warte eine kleine Weile; warte, bis du eine Woche oder zwei Wochen dieses neue Leben geführt hast und ganz unbeschränkt überall auf der Insel umhergehst. Dann wirst du besser verstehn können, was ich dir zu sagen habe.«

Glykerion schwieg einen Augenblick. »Ich weiß, ich weiß«, sagte sie, ihr Gesicht an Chrysis Schulter gelehnt. »Du meinst, daß niemand mich je heiraten wollen wird.«

»Nein, nein, das sage ich nicht . . .«

Glykerion erhob sich und stand in der Mitte der Kammer. »Ich verstehe«, sagte sie in die Dunkelheit.

Chrysis stützte sich abermals auf den Ellbogen und sagte langsam: »Du bist keine griechische Bürgerin. Wir sind nicht Leute, die eine Heimat haben. Wir gelten als Fremde, nur als ein klein wenig besser denn Sklaven. Alle die andern haben ein Zuhause, und jedes kennt seinen Vater und seine Mutter; sie heiraten einander. Sie glauben, wir würden uns nie in ihr Leben einfügen. Und obgleich das alles wahr ist, so –«

»Aber es heißt«, unterbrach Glykerion sie, »daß Männer sogar Mädchen heirateten, die Sklavinnen gewesen waren.«

»Ja, wenn ein junger Mann sich in dich verliebte, wäre es möglich, daß er dich in sein Heim nähme. Darum eben versuchte ich, so sehr auf dich acht zu geben, und hielt dich hier im Haus verborgen. Durch die jungen Männer, die zu den Gastmählern kommen, weiß die ganze Insel, daß du hier bist und sorgfältig erzogen wurdest. Und nun, da du ungehindert auf der Insel umhergehn sollst, mußt du hundertmal vorsichtiger sein als andre Mädchen. Du bist schön und du bist ein gutes Mädchen, und vor all ihren unfreundlichen Augen mußt du deine Bescheidenheit und Tugend zeigen. Mehr läßt sich nicht sagen und nicht erhoffen, mein Kind.«

»Vielleicht, Chrysis, ... ist es am besten, ich gehe doch nicht nach Belieben auf der Insel herum.«

»Nein, nein. Du wirst Lust bekommen, auszugehn. Das wird ganz allmählich kommen. – Aber jetzt mußt du zu Bett gehn und schlafen, mein Liebling. Alle diese Dinge werden sich lösen, so gut sie können. Für den Augenblick vermagst du nicht mehr zu tun, als du selbst zu sein, dein wahres Selbst, meine Glykerion.«

Glykerion ging schwankend auf das Bett zu. »Chrysis, ich muß dir etwas sagen.«

»Ja ...?«

»Du wirst mir böse sein, Chrysis.«

»Warum ...?«

»Mögen die Götter mich beschützen, ich ... ich habe mit Mysis gesprochen, und nun weiß ich, daß ich Mutter eines Kindes werde.«

Einen Augenblick herrschte Stille, und dann war das Geräusch zu hören, mit dem Chrysis ihre Füße

auf den Boden setzte. »Wo ist Mysis? Laß mich aufstehn!«
»Es ist wahr, Chrysis. Ich habe mein Versprechen gebrochen, wenn du weg warst. Ich ging dann immer in die Berge hinauf.«
»O mein Kind, mein Kind!«
»Aber er liebt mich. Er wird mich heiraten. Er liebt mich, ich weiß es.«
»Wer ist es? Wie heißt er?«
»Es ist Pamphilos, der Sohn des Simo.«
Chrysis erstarrte in der Dunkelheit. Dann zog sie langsam die Füße ins Bett zurück. Glykerion fuhr leidenschaftlich fort: »Er liebt mich. Er wird sich meiner annehmen. Er hat es mir hundertmal gesagt. Chrysis, was soll ich tun? Was soll ich tun? Ich habe Angst.«
Ein leises Stöhnen an der Tür verriet, daß Mysis ihre junge Herrin zu dieser Unterredung begleitet hatte und nun draußen vor der Tür kniete, ohne den Mut zum Eintreten zu haben.
Nach einem Augenblick sagte Chrysis in leichtem, unpersönlichem Ton: »Nun, du . . . du geh jetzt zu Bett und schlafe. Ja, wir werden uns beide erkälten hier. Ich glaube, es muß beinahe Morgen sein.«
»Ich kann nicht schlafen.«
»Alles wird gut werden, Glykerion. Ich kann jetzt nicht mehr weiterreden. Mir ist nicht wohl. Wir wollen am Morgen darüber sprechen.«

Glykerion verließ zitternd die Kammer.
In ihren dunkleren Stunden hielt Chrysis, wie sie es nannte, Zwiesprache mit dem Schicksal. Und nun, als sie sich zur Wand wendete, murmelte sie: »Ich höre dich. Du hast abermals gesiegt.«

Es währte nicht lange, und der Schmerz in der Seite setzte sich fest und ließ nicht mehr nach, und Chrysis wußte, daß ihr Leben sich dem Ende näherte. Sie blieb im Bett, und ihr Denken klammerte sich nicht mehr an die Umwelt. Nun, da ihr Mut vom Schmerz unterwühlt wurde, wagte sie nicht, sich zu fragen, ob sie ungeliebt, wirr und sinnlos gelebt habe und nun auch so sterbe. Von Zeit zu Zeit spähte sie in ihre Seele, um festzustellen, wie es mit ihrem Glauben an ein Leben nach dem Tode stehe und welches seine Urteilssprüche oder Glücksbotschaften seien. Aber das erschöpfendste aller unsrer Abenteuer ist die Wanderung durch die langen Gänge unsres Denkens zu den weiten Hallen, wo der Glaube thront. Sie beschied sich mit der Erinnerung an gewisse Augenblicke, wo eine Ahnung sie getröstet hatte, und sie stillte ihr Herz mit Wiegenliedern aus Andros und mit Bruchstücken aus den Tragikern.

Sie sparte ihre Kräfte auf, um sich ein letztes Verlangen zu erfüllen, eins, das Menschen eines spätern Zeitalters vielleicht unwesentlich erscheinen mag. Ihr Geist war von formenstrengen Dichtungen gebildet worden, von Epen und Oden, von Tragödien und heroischen Lebensbeschreibungen, und dieser Lesestoff hatte sie mit dem Wahn durchtränkt, daß man in edler Haltung sterben solle; und bei solch hohem Bemühn spielte sogar die Erhaltung ihrer Schönheit eine Rolle. Der einzige Schrecken, den diese Welt noch für sie hatte, war der Gedanke, daß sie sie unter Schmerzensschreien, zerrissenen Gemüts und mit verzerrten Zügen verlassen könnte.

Auf der Insel verbreitete sich die Kunde, daß die Andrierin ernstlich krank sei. Die jungen Männer, die ihre Gäste gewesen waren, fanden sich nicht zurecht zwischen dem Hohn ihrer Mütter und der Achtung, die Chrysis ihnen selbst eingeflößt hatte, aber manche brachten scheue Gaben von Wein und Käse zu ihrer Tür. Für solche kurze Besuche richtete sie sich auf den Ellbogen auf und trachtete, ihre wortgewandte Unbefangenheit wiederzugewinnen. Aber die meisten jungen Männer blieben weg; es erforderte einen reiferen Geist, als ihnen zu Gebote stand, ihre Erinnerungen an sinnliche Freuden und die einer Sterbenden geschuldete Ehrfurcht in Einklang zu bringen.

Pamphilos hatte andere Gründe für sein Fernbleiben. Es schien ihm unwahrscheinlicher, daß man ihm erlauben würde, Glykerion zu heiraten. Aber eines Tags erschien er vor Chrysis' Haus und verlangte sie zu sprechen. Er durchschritt den Hof und bahnte sich einen Weg durch die bunte, verzagte Schar ihrer Schützlinge, und sein Blick fiel auf Glykerion. Sie saß neben Philokles vor der Tür ihrer Schwester, schweigend und ohne Hoffnung. Pamphilos ließ sich für einen Augenblick vor ihr auf ein Knie nieder und ergriff ihre Hand. »Fürchte dich nicht«, sagte er mit leiser Stimme. »Es wird dir nichts Schlimmes zustoßen.« Seine Worte flößten ihr keinen Mut ein; sie hob den Blick und forschte in seinem Gesicht. Ihre Lippen bebten, aber es kamen keine Worte über sie, und ihre Augen senkten sich wieder. Pamphilos betrat die Kammer, wo Chrysis lag; einen Augenblick konnte er in der Dunkelheit nichts unterscheiden. Alsbald jedoch gewahrte er den Priester des Asklepios und Apollon, der sich in einem Winkel über ein Feuerbecken neigte; und dann sah er Chrysis ihm vom Bett her ernst entgegenlächeln. Schweigend setzte er sich neben sie; ein jedes wartete, daß das andre beginne.

»Es tat mir leid, uns allen tat es leid, Chrysis«, sagte er endlich, »zu hören, daß du so krank seist.«

»Danke, Pamphilos. Ich danke ihnen allen.«

»Es ... es hat so viel geregnet. Wenn die Sonne wieder scheint, wirst du dich sogleich besser fühlen.«

»Ja, es war immer der Sonnenschein, der mir am besten getan hat. – Ihr seid alle gesund auf euerm Landgut?«

»Ja, die Götter seien bedankt!«

»Die Götter seien bedankt! – Ich werde nie eine Gunst vergessen, die dein Vater mir erwies.«

Pamphilos war starr vor Erstaunen. »Mein Vater?«

»Oh, vergibt mir! . . . Ich erinnere mich nun, daß ich ihm versprach, es dir gegenüber nicht zu erwähnen. Oh, meine Krankheit ließ mich das vergessen. Ich schäme mich, ich schäme mich! Aber nun sollte ich wohl lieber hinzufügen, daß es ein kleiner Auftrag war, den er durch eins seiner Schiffe in Andros für mich ausführen ließ. Ich möchte nicht, daß er glaube, ich sei meinem Versprechen untreu geworden. Ich bitte dich inständig, ihm nicht zu sagen, daß ich dir davon sprach.«

»Ich werde es ihm gewiß nicht sagen, Chrysis.«

Es entstand ein neuerliches Schweigen zwischen ihnen, während dessen Chrysis vor Selbstvorwürfen die kraftlosen Hände schwächlich auf die Bettdecke preßte.

»Ja«, sagte Pamphilos, »wenn es erst mehr Sonnenschein geben wird, wirst du dich sogleich besser fühlen. Der Himmel war so lange bedeckt. Ich kann mich gar nicht erinnern, wann er es eine so lange Zeit war.«

Innerlich schrien sie beide: ›Wie sollen wir je aus alldem herausfinden?‹

»Wir haben die Gastmähler sehr vermißt. Ich möchte dir nochmals sagen, Chrysis, wie sehr sie mich entzückten. Ich habe mich schon auf das nächste gefreut, bei dem du uns, ich weiß nicht mehr welches Stück, vortragen wolltest.«

»Es hätte der *Ion* des Euripides sein sollen.«

»Ja.«

»Der dort«, sagte Chrysis mit einem lächelnden Blick nach dem Priester, »der ist mein Ion.«

Aber die Worte waren vielleicht schlecht gewählt. Sie glaubte, den Priester die Stirne runzeln zu sehen, während er über seine Tätigkeit gebeugt blieb.

»Vergib mir«, sagte sie hastig zu ihm, »wenn ich dich kränkte. Ich habe es nicht böse gemeint.«

Aber die Tränen rollten ihr über die Wangen. »Das Leben, Pamphilos«, hauchte sie, »ist voller Irrtümer, aber das Unrecht, das wir denen zufügen, die wir lieben und ehren, ist mehr, als sich ertragen läßt.« Der Priester trat an die andre Seite des Bettes und schob die Kissen zurecht; er flüsterte ihr einige Worte ins Ohr und kehrte zu seinem Kohlenbecken zurück.

»Ermüde ich dich?« fragte Pamphilos.

»Nein, nein. Ich bin sehr froh, daß du gekommen bist.« Bei sich dachte sie: ›Die Zeit verrinnt, und was reden wir da! Gibt es nichts im Herzen Empfundenes, was ich ihm sagen könnte, nichts zur Erinnerung für ihn und mich?‹ Aber sie mißtraute dem Gefühl, das ihr Herz erfüllte. Es war vielleicht bloß Aufregung und Schmerz; oder eine ver-

schwommene, unechte Gemütsbewegung. Es war vermutlich das beste, sich stoisch zu verhalten; tapfer zu sein und zu schweigen; oder von alltäglichen Dingen zu reden. Oder war es eine größere Tapferkeit, diese Scham zu überwinden und auszusprechen, was für abgebrauchte Worte auch immer das Herz einem eingäbe? Was war das Rechte?
Pamphios dachte: ›Sie stirbt. Was kann ich ihr sagen? Aber ich war nie imstande, meine Worte richtig zu setzen. Ich bin ein stumpfer Geselle. Ich bin ihr nichts als ein Mann, der ihre Schwester verführt hat.‹ Und mit leiser Stimme sagte er: »Ich werde Glykerion heiraten, wenn ich kann, Chrysis. Auf alle Fälle kannst du gewiß sein, daß ihr nichts Böses widerfahren wird.«
»Ich liebe sie sehr«, erwiderte Chrysis, die nur mit großer Schwierigkeit Worte fand, »aber ich werde dich nicht mahnen. Ich . . . ich glaube nicht länger, daß das, was uns widerfährt, von Wichtigkeit ist. Du wirst Glykerion heiraten oder eine andre. Die Jahre werden das alles einhüllen. Es ist das Leben im Geiste, das wichtig ist.«
»Ich werde für sie tun, was ich kann.«
»Du brauchst bloß ohne Furcht, ohne Zweifel, dir selbst treu zu sein, Pamphilos.«
»Chrysis, du wirst mir verzeihen, daß ich bei den Gastmählern so wenig zu dir sprach . . . und am fernsten Ende gesessen habe. Es geschah nicht, weil

ich dich nicht achtete. Ich kann nicht reden, wie die andern es können. Ich bin nur ein Zuhörer. Auch jetzt kann ich nicht sagen, was ich meine. Aber ich folgte allem, was du sagtest.«
Der Schmerz in ihrer Seite wurde fast unerträglich. »O Freund«, sagte sie, »sei nicht kleinmütig! Das alles ist nicht so unbefriedigend . . . so zusammenhanglos, wie es zu sein scheint.« Der Priester hatte sie beobachtet; sie machte ihm ein schwaches Zeichen. »Ich will nicht, daß du weggehst«, fuhr sie, zu Pamphilos gewendet, fort, »aber es ist am besten, wenn ich nun schlafe.« Und sich auf die Ellbogen stützend, hauchte sie qualvoll: »Vielleicht werden wir einander irgendwo jenseits des Lebens wiedersehen, wenn alle diese Schmerzen von uns genommen sind. Ich glaube, die Götter haben noch irgendein Wunder für uns bereit. Aber wenn wir einander nicht wiedersehn, laß mich dir jetzt sagen . . .« ihre Hände öffneten und schlossen sich auf der Bettdecke ». . . ich möchte jemand sagen, daß ich das Schlimmste erlebte, das die Welt mir antun konnte, und dennoch die Welt und alles Leben preise. Alles, was ist, ist gut. Erinnere dich eines Tags, erinnere dich meiner als einer Frau, die alles liebte und alle Dinge von den Göttern hinnahm, die lichten und die dunkeln, – und tue du ein Gleiches. Leb wohl!«

Simo erhob sich zeitig, um Zeuge von Chrysis' Bestattung zu sein. Die Griechen bestatteten aus Gründen, die tief in ihrem Sinn für Schicklichkeit und in ihrem Glauben wurzelten, ihre Toten in der Stunde vor Sonnenaufgang, und es war daher noch schwarze Nacht, als sich der kleine Trauerzug des Hausstands ordnete, um durch die Straßen der Stadt zu schreiten. Als Simo den Hafenplatz erreichte, hatten sich viele der Männer von Brynos schon daselbst eingefunden und standen, die Falten ihrer groben Mäntel um sich ziehend, in leisem Gespräch beieinander. Die Männer seines Alters hatten ihre Neugier und Verachtung mitgebracht und beglückwünschten sich zu der glücklichen Erlösung der Insel von dem fremden Weib; aber die jüngern, die Chrysis gekannt hatten, standen mit trotzigen Gesichtern da, und die Entrüstung über die unheilige Freude der ältern schnürte ihnen die Kehle zusammen. Simo nahm schweigend seinen Platz neben Chremes ein, aber er war nicht geneigt, auf die lebhaften Bemerkungen des andern einzugehen. Als dann die Klänge der Flöte und das Trauergeleit näher kamen, entdeckte er, daß Pamphilos, schweigend wie er selbst, neben ihm stand.

Mysis hielt die schlurrende, stolpernde Schar zusammen, so gut sie konnte. Philokles hob beim Gehen die Knie, wie Kinder in einem feierlichen Zug zu tun pflegen. In der einen Hand hielt er ein paar Gräser und mit der andern klammerte er sich an den Mantel seines Gefährten, des alten Türhüters; aber er irrte beständig ab oder blieb stehn und starrte mit weitgeöffneten verwirrten Augen auf die Fackeln, die ihm voranschwankten, oder auf die lachenden Zuschauer am Weg. Die taubstumme Äthiopierin ließ sich kaum davon zurückhalten, vorzulaufen, um neben ihrer schlafenden Freundin Chrysis herzugehen, deren Tadel, wenn sie einmal unrecht getan hatte, so schrecklich und deren Lächeln eine genügende Entschädigung für ihr Eingekerkertsein in Schweigen gewesen war. Glykerion ging mit gesenkten Augen, ohne Hoffnung und ohne Wahrung des herkömmlichen Anstands, der von ihr nun das Wehklagen und die verstörten Gebärden einer Hauptleidtragenden verlangt hätte. So schritten sie dahin unter den hellen Sternen, welche die erste Andeutung des Tages empfingen und mit einem letzten, erhöhten Glanz leuchteten, und unter den langen Gewinden von Rauch, die über dieser seltsamen Trauergesellschaft in der windstillen Luft hingen.

Während die Zuschauer den Zug ins offene Land hinaus begleiteten, war Simos Aufmerksamkeit

von Glykerion gefesselt: durch ihren aller Welt offenbaren Zustand, durch die Ähnlichkeit mit ihrer Schwester, die Niedergeschlagenheit, die sie erfüllte, und die Anmut und Bescheidenheit ihres Benehmens. Und er gewahrte, daß auch sein Sohn das Mädchen beobachtete. Wirklich hielt Pamphilos auf dem ganzen Weg seine brennenden Augen auf Glykerion gerichtet und versuchte, ihren Blick aufzufangen und ihr Ermutigung und seine Liebe mitzuteilen. Aber erst als der Holzstoß erreicht war, auf den neben Chrysis' Leichnam zwei geschlachtete Opfertiere, eine Ziege und ein Lamm, gelegt wurden, und erst als das Feuer ihn ergriffen hatte, hob sie die Augen.
Als dann das Wehklagen schriller wurde und die Flötentöne durchdringend darüber schwebten, wandte sie sich nach Mysis um und begann, heftig auf sie einzureden. Aber in all dem Lärm waren ihre Worte nicht vernehmbar, und auch nicht Mysis' beschwichtigender Zuspruch. Glykerion versuchte, sich von dem stützenden Arm der andern loszumachen, und das müde Ringen der beiden Frauen wurde von den emporschlagenden Flammen beleuchtet. Pamphilos, der seine gespannte Aufmerksamkeit auf den Schmerz des Mädchens richtete, schob sich langsam mit vorgestreckten Händen vorwärts. Nun hörte er die Worte, die sie immerzu wiederholte: »Es ist das beste. Es ist am besten so!«

Plötzlich stieß Glykerion die Ältere von sich, und mit dem lauten Aufschrei »Chrysis!« taumelte sie vorwärts und wollte sich über den Leichnam ihrer Schwester werfen.
Pamphilos aber hatte diesen Versuch vorausgesehn. Hinzuspringend ergriff er sie an ihren zerzausten Haaren und riß sie zurück und in seinen Arm. Die Berührung dieses sie umschlingenden Arms löste ihre Tränen. Sie legte Pamphilos den Kopf an die Brust wie eine, die da schon früher einmal gewesen war und nun heimkehrte.
Das Anstößige dieser Umarmung wurde sogleich von allen Zuschauern empfunden, und besonders von Chremes, der sich mit seiner Mißbilligung und seinem entrüsteten Erstaunen an Simo wenden wollte. Simo aber hatte sich entfernt und ging langsam durch den anbrechenden Morgen nach Hause. Nun verstand er den Pamphilos der letzten Monate.

Die Leute auf der Insel besprachen endlos den überraschenden Vorfall, der sich bei Chrysis' Bestattung ereignet hatte. Mit verhaltener Erregung beobachteten sie den Frost, der die Beziehungen zwischen den Familien des Simo und des Chremes befallen hatte. Das Gerücht behauptete alsbald, Pamphilos habe versprochen, das Kind als das seine anzuerkennen, aber selbstverständlich erörterte niemand auch nur die Möglichkeit einer Heirat. Leser eines spätern Zeitalters werden wohl nicht imstande sein, die Schwierigkeiten zu verstehn, von denen der junge Mann sich umgeben sah. Eine Eheschließung war damals nicht eine Sache des Gefühls, sondern eine Rechtssache von höchster Bedeutung, und der Anteil des Bräutigams am Ehevertrag betraf nicht sosehr ihn selbst als vielmehr seine Familie, sein Landgut und seine Vorfahren. Ohne Unterstützung von seinen Eltern, und ohne seinen Aufenthalt in ihrem Heim zu haben, war ein junger Mann ein bloßer Abenteurer ohne gesellschaftliche, wirtschaftliche oder bürgerliche Geltung. Eine Eheschließung war nur möglich, wenn Simo sie für möglich erklärte. Die Bräuche der Insel ermutigten Väter zur Schwelgerei des Polterns und Tyrannisierens, aber Simos Verhältnis zu seinem Sohn war stets seltsam unpersönlich gewesen. Er war betroffen von seiner Nachgiebigkeit gegen den Sohn, betroffen von etwas, das er für Schwäche hielt. Sein Schweigen hatte jedoch nicht den Anschein einer endgültigen Verweigerung; es schien vielmehr zu besagen, daß die Entscheidung, mit all ihren Möglichkeiten lebenslänglicher Reue und lebenslänglichen Haders auf dem Landgut, bei Pamphilos stehe.

Eines Tags, mehrere Monate nach Chrysis' Bestattung, begab sich Pamphilos in die Palästra, um ein wenig zu üben. Er trat durch die niedrige Tür, und einer Gruppe von Freunden zunickend, die sich unter einem Sonnendach am Rande des eingefriedeten Platzes rekelten und balgten, schritt er über den heißen roten Sand. Der alte Wärter an der Tür, der in seiner Jugend einen Lorbeerzweig gewonnen hatte, kam ihm durch das glühendheiße Rund nachgetrottet und begann, sobald Pamphilos sich auf einer Marmorbank niedergelassen hatte, ihm die Waden und Knöchel zu kneten. In der Mitte der Palästra übte sich der Sohn des Chremes in Bewegungen, mit denen er einen vorgestellten Diskos schleuderte; dreißigmal, fünfzigmal drehte er sich mit gehobenem Knie und versuchte, seinem Muskelgedächtnis die vollkommene Gleichzeitigkeit der Bewegungen einzuprägen. Zwei andre junge Männer übten einen Festtanz; sie unterbrachen sich darin von Zeit zu Zeit, um einer des andern geringste Abweichung von einem harmonischen Gleichgewicht zu bekritteln. Der junge Priester des Asklepios und Apollon lief auf der Rennbahn rundum. Pamphilos sandte den Wärter weg, streckte sich auf seinem Mantel aus und ließ das Sonnenlicht auf sich niederströmen. Er dachte nicht über sein Problem nach, sondern ließ seinen Geist leer, bloß durchtränkt von einem stumpfen Elend, das mit der brütenden Hitze eins wurde. Alsbald aber stützte er den Ellbogen auf und hob den Kopf, ließ die Wange auf seiner Hand ruhn und sah dem Priester des Apollon zu.

Der Priester beteiligte sich nie an den Wettkämpfen, aber er war unzweifelhaft der Erste auf der Insel an Ausdauer und stand nur Pamphilos an Schnelligkeit nach. Die Festtage ausgenommen, erschien er täglich, um zu üben, und lief sechs Meilen. Er hielt größte Mäßigung ein: er trank keinen Wein, nährte sich bloß von Obst und Gemüse, stand mit der Sonne auf und ging, wenn er nicht gerade zu einem Kranken gerufen wurde, zugleich mit ihr schlafen. Er hatte das Gelübde der Keuschheit getan, das Gelübde, das den Geist auf immer alledem verschließt, ohne wehmütiges Zurückblikken und ohne die Möglichkeit einzuräumen, daß die Umstände doch noch eine harmlose Abweichung darbieten könnten; das Gelübde, das, tief erfaßt, die Seele mit solcher Kraft füllt, daß sie auf immer von den unbeständigen, unsicher tastenden Menschenkindern geschieden ist.

Sein Dienst forderte von ihm so viel Zeit für die Bresthaften und Bekümmerten, daß er den Gesunden und Glücklichen bald nicht mehr Genüge zu tun vermochte und niemand auf der Insel ihn sehr gut kannte. Er hatte jedoch eine seltsame Macht über die Kranken und Irren, und nur in deren Stunden der Geständnisse und der Verzweiflung wurde der Vorhang vor seinem inneren Wesen beiseite geschoben; wer ihn in solchen Augenblikken gekannt hatte, sah ihm hernach stets in Dankbarkeit und Verwunderung nach. Er zählte erst achtundzwanzig Jahre, aber es war eine besondere Auszeichnung, daß er von den Priestern, die die großen Mysterien zu Athen und Korinth leiteten, nach Brynos gesandt worden war; denn dem Heiligtum auf Brynos kam eine hohe Bedeutung in der Legende von Asklepios und dessen Vater Apollon zu. Pamphilos hatte, von Begrüßungen in der Palästra abgesehn, nie mit ihm gesprochen, aber er hätte lieber ihn als irgend jemand sonst auf der Welt gekannt, und der Priester hinwieder beobachtete Pamphilos hier und folgte ihm mit den Augen und wünschte, er könnte sein Leben nochmals leben.

Plötzlich merkte er, daß jemand ihn an der Schulter rüttelte. Es war einer seiner Gefährten. »Dort kommt dein Vater«, sagte der junge Mann und ging zurück unter das Sonnendach. Und Pamphilos erhob sich und wartete achtungsvoll, während Simo, von dem alten Wärter geleitet, herankam.

»Bleib, wo du bist, leg dich wieder hin!« sagte

Simo. »Ich werde mich hier auf diese Bank setzen. Ich will mit dir sprechen.«
Pamphilos streckte sich mit abgewandtem Gesicht wieder auf die Bank und blickte auf die Rennbahn. Simo trocknete sich Hals und Stirn mit dem Saum seines Gewandes. »Es wird nicht lange dauern, mein Junge, ... aber wir müssen die Sache doch erwägen ... schließlich und endlich.« Er war seiner selbst nicht sicher. Er schneuzte sich. Er räusperte sich mehrmals und zog heftig die Falten seines Gewandes zurecht. Er wiederholte seine »Ja, also« und »Nun« und wartete vergeblich, daß Pamphilos etwas sage. Endlich stieß er sich in seine vorbereitete Einleitung ab: »Nun, mein Junge, ich nehme an, du willst das Mädchen heiraten, hm ...?«
Pamphilos senkte den Kopf zwischen seine gekreuzten Arme, als wollte er einschlafen. Er seufzte in Voraussicht all der Belanglosigkeiten, die er zu hören bekäme. Im Herzen wußte er, daß er nur ja oder nein zu sagen brauchte, und der Vater würde sein Verlangen gewähren.
»Ich wünsche nicht, dich zu zwingen. Ich glaube, du bist alt genug, selber zu erkennen, was gut und was schlecht für dich ist. Aber ein paar Augenblicke lang möchte ich die ganze Sache besprechen. Ich möchte ihre andre Seite in die einfachsten Worte fassen und es für eine Weile dabei belassen. Soll ich das tun?«

»Ja«, sagte Pamphilos.

»Nun, zunächst einmal ist es nur recht, sich die Tatsache vor Augen zu halten, daß keine äußere Verpflichtung besteht, das Mädchen zu heiraten. Ich bin der Sache nachgegangen. Sie ist keine griechische Bürgerin. Wie es sich trifft, ist sie behütet aufgewachsen, oder ich nehme das zumindest an. Diese Chrysis scheint versucht zu haben, das Mädchen davor zu bewahren, in ihren eigenen Lebenswandel zu verfallen; aber das ändert nichts an der Tatsache, daß sie bloß eine Tänzerin ist. Nun halte dies fest! Ich kann sehn, daß sie bescheiden und wohlerzogen ist. Sie scheint ganz solch ein Mädchen zu sein wie unsre Argo, aber sie konnte sich nie einen höhern als ihren gegenwärtigen Stand erhoffen. Die Welt ist voll von genau solchen liebenswerten Waisenmädchen wie diese Glykerion, aber man kann nicht von uns erwarten, sie im Gewebe guten griechischen Familienlebens willkommen zu heißen. Du kannst gewiß sein, daß Chrysis sehr gut wußte, Glykerion werde eines Tags eine Hetäre wie sie selbst oder eine Dienerin werden müssen.«

Simo hielt inne. Er konnte nur den Hinterkopf seines Sohnes sehn, aber er konnte sich den verkrampften, unglücklichen Ausdruck auf dessen Gesicht vorstellen, den sie alle während der letzten Wochen da hatten wahrnehmen müssen. Er räusperte sich abermals und stürzte sich jäh in eine andre seiner Gesprächseröffnungen:

»Zweifellos und mehr oder weniger fühlst du dich an sie durch ein Versprechen gebunden – aber ein Versprechen, Pamphilos, bei dem du es unterlassen hast, uns andre und besonders deine Mutter zu berücksichtigen. Solltest du dich entschließen, die Kleine zu heiraten, würden deine Mutter und deine Schwester mit ihr so friedlich als möglich zu leben versuchen, das wissen wir; aber es wäre hübsch viel von ihnen verlangt. Du kennst sie doch. Dieses Mädchen begreift nicht einmal die Anfangsgründe unsrer Gepflogenheiten auf dieser Insel. Sie weiß nicht, wie einfach und eintönig das Leben unsrer Frauen ist. Ich vermute, das Leben mit der Andrierin und mit dieser sonderbaren Gesellschaft in dem Haus oben am Berghang war eine wunderliche Sache. Sie wäre unglücklich bei uns. Und auch wenn sie nicht den ganzen Tag mit deiner Mutter in Widerspruch geriete ... und noch Ärgeres ... würde sie schweigsam und verdrossen werden. Pamphilos, sie würden nie Zuneigung füreinander zu fühlen beginnen. Es wäre besser, jetzt grausam zu ihr zu sein und sie zu verlassen, als Zwietracht, lebenslange Zwietracht, auf unserm Gut zu säen.«

Für einen Augenblick versagte sein Gedächtnis, aber er sammelte sich wieder und fuhr fort:

»Nun, und selbst angenommen, deine Mutter und

Schwester würden sie liebgewinnen und trachten, sie mit Herzlichkeit ins Haus aufzunehmen, müßte sie doch ihr Leben lang durch das Gehaben der andern Frauen auf der Insel viele Kränkungen erdulden. Wir Männer schenken gesellschaftlichen Unterscheidungen keine solche Beachtung, mein Sohn. Aber Frauen ... Frauen mit ihrem engen Gesichtskreis und ... und so weiter ... die freut es, wenn sie jemand finden, den sie mißachten und in Grund und Boden starren können. Das wärmt ihnen das Herz. Glykerion besitzt kein griechisches Bürgerrecht. Ihre Schwester war eine Hetäre. Ihr Leben lang wäre sie gezwungen, es zu dulden, daß die andern sie mit zusammengepreßten Lippen und (ich sehe es deutlich vor mir) mit zugekniffenen Augen betrachten. – Aber auch das ist nicht die Hauptsache.«

Er hoffte, daß sich die Spannung, auf die dieser glänzende Übergang abzielte, in irgendeiner Veränderung der Haltung, in der sein Sohn dalag, spiegeln würde, aber der junge Mann verharrte regungslos.

Simos müde Augen wanderten langsam in der Palästra umher.

»Das Mädchen ist nicht kräftig. Die Frauen im Dorf oben scheinen etwas darüber zu wissen. Sie ist ein lebhaftes, erregbares, überempfindliches Mädchen, und sie würde dir eine Reihe schwächlicher und kränklicher Kinder schenken. Du und ich, wir kennen beide solche Familien. Sie ist der Frau unsres Nachbars Duro nicht unähnlich, nicht wahr? Und die schwankende Gesundheit solcher Frauen; obgleich sie manchmal liebenswerter erscheinen – ja, liebenswerter – als eine Philumena, kommt in Klagen und Streitsucht zum Ausdruck. Und in ihren Kindern. Man hat kein Recht, Kinder in die Welt zu setzen, die nicht an den Spielen der andern teilnehmen können, schweigsame Kinder, die auf ihrem Lebensweg immer wieder an Fiebern erkranken und dem Husten und allen möglichen Schmerzen unterworfen sind. Das Wichtigste im Leben ist ein Haus voll kräftiger, gesunder Knaben. Nimm dagegen Philumena! Du ›liebst‹ Philumena nicht so, wie die Dichter das Wort gebrauchen. Nun, als ich deine Mutter heiratete, habe ich sie vielleicht nicht in diesem Sinn geliebt, aber ich lernte sie allmählich lieben und ... hm! ... nun kann ich mir gar nicht vorstellen, daß ich mit einer andern verheiratet gewesen wäre, mit einer andern ebenso zufrieden verheiratet gewesen wäre. Philumena ist hübsch, aber was das Wichtigste ist, sie ist kräftig, und so ... so ... Pamphilos, scheint, was ich sage, nicht eine gewisse Wahrheit zu enthalten? ... Pamphilos!«

Aber Pamphilos war eingeschlafen. Sein letzter Gedanke war die Erinnerung an einen von Chrysis'

Leitsätzen gewesen, an eine ironische Phrase, die er bewußt wörtlich nahm: ›*Die Irrtümer, die wir durch Großmut begehen, sind weniger schrecklich als die Vorteile, die wir durch Bedacht gewinnen.*‹ Simo war nicht verärgert. Er seufzte. Aufblickend sah er den Priester des Asklepios und Apollon auf der Rennbahn ringsum laufen. Er erinnerte sich des Tags, es war mehrere Monate her, an dem er und Sostrata die Schwester des Pamphilos in den Tempel geführt hatten. Zwei Tage und zwei Nächte lang hatte Argo an Ohrenschmerzen gelitten, und obgleich sie alle wußten, daß der Priester oft ungehalten war, wenn man seine Hilfe für geringe Übel in Anspruch nahm, wagten sie es doch, das Mädchen ihm vorzuführen. Die Stunde, zu der er gewohnt war, Kranke zu empfangen, war die Zeit kurz nach Sonnenaufgang, und da fanden sie sie denn auch versammelt: die Krüppel und Schwerkranken, die man auf Tragbahren zu ihm gebracht hatte; die Leute, die an Geschwüren litten, an irgendeinem langen Siechtum, an entzündeten Augen; und die Besessenen. Simo und Sostrata hatten ihr Leben ohne Krankheiten verbracht. Sie betrachteten sie, wie auch Armut und Unreinlichkeit, bloß als Verstöße gegen die Bürgertugenden; sie waren schon nahe daran, heimzukehren, so groß war ihre Abneigung gegen solche Dinge. Der Priester forderte stets, daß die Wärter und Begleiter, die ihre

Kranken zu ihm brachten, sich ein wenig entfernten, während er sich mit diesen beschäftigte. Simo und Sostrata hatten sich wohl oder übel in einen nahen Hain zurückziehen müssen. Argo schien den Abscheu ihrer Eltern vor derlei Dingen nicht zu teilen; schon als sie sich dem Ort näherte (die Finger auf das schmerzende Ohr gedrückt), hatte sie sich zu ehrfürchtiger Scheu gezwungen gefühlt, und als die Reihe an sie kam, erzählte sie ihre kleine Geschichte mit angehaltenem Atem. Der Priester berührte sanft ihr Ohr und murmelte dabei einen Heilspruch. Er goß ein wenig Öl hinein und blickte tief in ihre scheuen Augen. Und allmählich erschien, während er sie anblickte, ein Lächeln auf seinen Lippen, und langsam erwiderte sie es. Wahrer Einfluß auf die Menschen rührt nicht von der Beredsamkeit eines Augenblicks her, noch von irgendeinem glücklich gewählten Ort, sondern von den während einer ganzen Lebenszeit gesammelten Gedanken, die in den Augen aufgespeichert sind. Und es gibt etwas, das größer ist, als eine Krankheit zu heilen: sie hinzunehmen und diese Hinnahme mit einem andern zu teilen. Der Schmerz im Ohr ließ nicht gleich nach, aber Argo tat ihren Eltern gegenüber so, als hätte er nachgelassen, denn eine andre Heilung hätten sie nicht verstanden; und die ganze Nacht hindurch drückte sie, statt zu klagen, das kleine Säckchen mit Lorbeerblättern, das er ihr gegeben hatte, an ihr Ohr und wiederholte sich im Selbstgespräch immer wieder seine Worte und dachte an jenen Blick. In der Folge hatte sie nie mehr eine Unterredung mit dem Priester, aber wenn sie ihm zufällig auf der Straße begegnete, erfüllte eine seltsame Erregung ihr Herz; sie grüßte ihn scheu, und ihre Augenlider flatterten in einem schnellen, vertraulichen Blick, und er erwiderte ihn mit der schwachen Andeutung seines Lächeln. Ihre Eltern waren belustigt ob dieses Einverständnisses; der Priester hatte einen Zug im Wesen ihrer Tochter zum Vorschein gebracht, der ihnen völlig unbekannt gewesen war und sich durchs ganze Leben immer wieder geltend machen sollte. Hinfort hielt sie sich sogar aufrechter. Eines Tags kam ein Vetter von ihr, der auf der andern Seite der Insel wohnte, zu einer Mahlzeit zu ihnen und ließ eine abfällige Bemerkung über den Priester fallen; er sagte, daß er hauptsächlich ein Tröster alter Weiber sei, die sich einbildeten, sie wären krank. Argos Augen wurden dunkel, und ihre Lippen preßten sich zornig aufeinander. Sie weigerte sich, auch nur noch einen Bissen zu essen, und von da an brachte der arme törichte Vetter nie wieder ein Wort aus ihr heraus und wußte nie, warum. Das alles fiel Simo wieder ein, als er nun dem Priester zusah.

›Menschen wie er‹, dachte er, ›besitzen irgendein Geheimnis, wie man leben soll. Warum sagen sie es uns nicht geradeheraus, statt es in Mysterien und Zeremonien einzuhüllen. Sie wissen etwas, das sie davor bewahrt, in der Irre umherzutappen wie wir. – Ja, was tue ich andres hier‹, fügte er mit vorgeschobener Unterlippe hinzu, ›als mich wie ein Narr zu benehmen. Ich, der ich selber nur blind umhertappe, erteile Ratschläge in Dingen, von denen ich nichts weiß.‹ Er blickte lange auf seinen schlafenden Sohn. ›Auch Pamphilos besitzt etwas von diesem Geheimnis, und diese Andrierin besaß es auch. Chremes hatte recht, obgleich er es in üblem Sinn meinte: Es steckt etwas vom Priester in Pamphilos, etwas, das in ihm zum Durchbruch zu kommen sucht. Ich will lieber aufstehn und weggehn, bevor ich noch irgend etwas sage.‹

Also erhob er sich und verließ ein wenig schuldbewußt die Palästra.

Pamphilos war beinahe zu einem Entschluß gelangt, aber unter der Last von Verwirrtheit und Selbstvorwürfen nahm er sich vor, in dieser Sache noch mehr Licht und eine letzte Bestärkung dadurch zu suchen, daß er einen Brauch anwandte, der unter den Griechen der großen Zeit im Schwang gewesen, in seinen Tagen aber fast in Vergessenheit geraten war. Der Brauch bestand einfach darin, sich von einem Sonnenaufgang bis zum nächsten jeglicher Speise und Rede zu enthalten und die Nacht entweder innerhalb der Tempeleinfriedung zu verbringen oder sich vor der Morgendämmerung, welche die Nachtwache beschloß, dahin zu begeben. Es wurde nicht etwa geglaubt, daß diesem Brauch eine besondere magische Kraft innewohne: er reinigte den Geist von körperlicher Umwölkung, löste ihn von den Geschäften des Alltags und bereitete ihn vielleicht auf einen bedeutsamen Traum vor. Der Erleuchtungsuchende hielt streng sein Fasten und Schweigen ein, aber der griechische Geist billigte es nicht, das Erlebnis durch weitere Selbstkasteiungen zu steigern. Man ging daheim umher wie gewöhnlich, übte in der Palästra oder arbeitete am Webstuhl; man schlief.

Wenn jemand, der nichts von der Sache wußte, zu dem Fastenden sprach, legte der den Finger an die Lippen, und die Bedingung des Gelübdes wurde verstanden. Athleten übten den Brauch noch immer mehrere Tage vor einem Wettkampf; Bräute vor ihrer Vermählung; alte Frauen, wenn sie hofften ein verlorenes Schmuckstück wiederzufinden oder in einem Traum die halb vergessenen Züge eines Geliebten zu erblicken; und fromme Krieger, wenn sie sich auf einen Feldzug begaben. Es war in der Tat beinahe absonderlich, daß ein gesunder junger Mann, mitten im glatten Strom des Lebens, diesen Brauch erneuerte; aber die Bewohner der Insel waren noch immer fromm genug, die Gewohnheiten zu achten, die das religiöse Leben ihrer glorreichen Großväter zum Ausdruck brachten, und enthielten sich jeglicher Bemerkungen.

Um die Mitte des Nachmittags begann ihn bereits der Hunger zu quälen, und seine Bedrücktheit hatte sich verzehnfacht. Welche Wahl er auch träfe, sie würde andere unglücklich machen. Unter der Last dieses Zwiespalts verlor sogar der Gedanke an Glykerion für einige Zeit seine zärtlichen Inbegriffe. Pamphilos kletterte in den einsameren Teilen der Insel umher, starrte geistesabwesend aufs Meer hinaus und pflückte müßig Halme zwischen den Felsen, wenn er niedersaß. Er kam an die Stelle, wo er Glykerion zum erstenmal erblickt hatte, und stand eine Weile still wie die Steine ringsum und fragte sich, ob Verbindungen im Leben auf einem zufälligen Zusammentreffen oder auf einer tiefen inneren Notwendigkeit beruhten. Als er nach Hause zurückkehrte, spürten seine Mutter und die Schwester die Trostlosigkeit, die ihn erfüllte, und bewegten sich mit gedämpften Schritten umher. Sogar die Sklaven gingen ihrer Arbeit auf den Zehenspitzen nach und zogen sich dann schweigend, mit besorgter stummer Frage zurück. Während der Abendmahlzeit saß Pamphilos mit geschlossenen Augen vor der Haustür. Sein heimkehrender Bruder stieg mit scheuer Achtsamkeit über seine Beine weg – auch er hatte erst vor wenigen Monaten so gefastet, aber mit allem Pomp, zugleich mit zwölf andern Jünglingen, gelegentlich ihrer Aufnahme in den Bund – und hielt sich in einiger Entfernung, ein wenig beunruhigt durch so viel Ernst bei einem guten Athleten. Argo brachte aus eigenem Antrieb Pamphilos eine Schale Wasser, das er trank und ihr dabei innig in die ernsten Augen lächelte; sie kehrte mit großer Würde und in geheimer Erregung an ihren Platz am Tisch zurück, als hätte sie etwas Bemerkenswertes getan. Als Simo schließlich sie und ihren Bruder zu Bett schickte, huschte sie zu ihrem Vater und legte ihre Lippen an sein Ohr: »Was ist es, Vater?« flüsterte sie. »Nein, sag es mir! – Was ist mit ihm?« Er ergriff ihre Hand und spielte einen Augenblick mit ihnen; er zog weise die Brauen hoch und sagte ihr, sie solle zu Bett gehn und gut schlafen. Von ihrem Lager aus bemerkte sie im Dunkel, wie ihre Mutter einen Mantel nahm und in den auf den Klippen gelegenen Garten hinausging und ihr Vater später ein Gleiches tat. Mit weit offenen Augen und lauschenden Ohren verfolgte sie dieses ungewöhnliche nächtliche Umherwandern. Sie war von einer liebevollen Aufregung erfüllt; sie küßte viele Male mit Heftigkeit ihre Puppe und weinte. Dann merkte sie, daß ihr jüngerer Bruder auf Händen und Knien dem Mondlicht im Hof zukroch. Auch sie wagte sich hinaus, und dann starrten sie beide einander an, aber plötzlich tauchte Pamphilos aus dem Schatten auf und wies sie mit einer Gebärde in ihre Betten zurück.

Pamphilos wanderte im äußern Hof umher. Wiederum war Vollmond, und sein milchigblaues Licht wob wie ein Nebel um die Reihen von Ölbäumen, die jenseits der Straße den Abhang hinanklommen, und warf schwarze Schatten zwischen die Hofgebäude. Die Heiterkeit dieses Lichts stand in seltsamem Gegensatz zu der geheimnisvollen Erregung, die es in den Menschen hervorrief. Pamphilos hatte seine Eltern in den Garten gehn sehen, aber er sah sie nun ohne Gemütsbewegung, ohne Mitgefühl. Er kehrte ins Haus zurück und legte sich auf sein Bett. Niemals hatte ihn eine Stimmung erfüllt, die weiter von Erleuchtung entfernt gewesen wäre. Auf dem Gesicht liegend, zeichnete er mit dem Finger Figuren auf den Boden.

Der Muschelsand glitzerte auf dem Gartenpfad, wo Simo hin und her schritt; von Zeit zu Zeit warf er einen verstohlenen Blick auf seine Frau. Sie saß auf einer schartigen, fleckigen Marmorbank, die der Lieblingsplatz seiner Mutter gewesen war. Schon vor Menschenaltern hatte man sie hier aufgestellt, unter einer Feigenlaube, die längst in einer sagenhaften Sturmnacht umgerissen worden war. Sie stand ganz am Ende des Gartens, wo eine Klippe jäh zum Meer abbrach und man unaufhörlich das langgezogene Geflüster der ebbenden und flutenden Wellen drunten vernehmen konnte. Von diesem Sitz aus hatte seine Mutter die Aufzucht von fünf Kindern geleitet, hier hatte sie ihnen die Tränen getrocknet und müde nickend der wunderlichen Folge ihrer wechselnden Begeisterungen gelauscht. ›Aus einiger Entfernung gesehn‹, sagte sich Simo, ›ist das Leben harmonisch und schön. Zweifellos waren die Jahre, als meine Mutter uns von dieser Bank aus zulächelte, ebenso wie das Heute von einander durchkreuzenden Willen und von so mancher Verzweiflung erfüllt, aber wie schön erscheinen sie einem in der Erinnerung! Die Toten sind in Liebe gehüllt; vielleicht in unsre Einbildungen. Sie gehn unter die Erde, und langsam beginnt dieses zärtliche Licht auf sie zu fallen. Aber die Gegenwart bleibt: diese Folge kleiner häuslicher Vedrießlichkeiten. Ich habe sechzig Jahre lang ein solches Leben gelebt, und diese Eintagsentscheidungen regen mich noch immer auf. Und ich frage mich noch immer, welches das wirkliche Leben sei: die Gegenwart mit ihrer Unzufriedenheit oder die Rückschau mit ihrer Gemütsbewegung?‹ Er blickte abermals vorsichtig auf Sostrata, die dasaß und an den Falten ihres Mantels zupfte und in jeder Linie ihrer Haltung ihren Widerspruch und ihre Auflehnung merken ließ. ›Der Fehler liegt an mir‹, dachte er weiter. ›Wenn ich weise wäre, brächte ich diese Sache zu Ende. Als das Oberhaupt der Familie sollte ich entschlossener sein, ich sollte ein klares Ja oder Nein sprechen und Pamphilos seine Kleine herbringen lassen. Ich sollte alle diese zögernden Bedenken ausjäten. Auch jetzt wieder wartet sie darauf, daß ich ihre Entscheidungen für sie treffe. Wenn ich mich mit Bestimmtheit ausspräche, sogar gegen ihren Willen, würde sie sich ohne große Anstrengung fügen. Der Haushalt würde einen Weg finden, das neue Mitglied hinzunehmen, und alles ginge glatt genug.‹ Er dachte daran, mit lächelnder Herzlichkeit vor sie hinzutreten und ihr nahezulegen, daß sie beide mit sechzig Jahren sich das Recht erworben hatten, ruhig zu bleiben, auch wenn das Haus zusammenstürzte; aber er sah voraus, daß ihr Stolz sich einer solchen Selbstbescheidung nicht anbequemen würde, und so schritt er weiter im Garten auf und ab.

In der Tat wünschte Sostrata nicht, daß Simo zu ihr spräche. Ihre Seele war von einem einzigen langen, beharrlichen Aufschrei über die Dummheit der Männer erfüllt. Nur der Geist einer Frau konnte all das Unheil vorhersehen, das aus einer solchen Ehe, wie sie nun erwogen wurde, entspränge. Die Frauen der Insel waren es, die die volle, durch die Ankunft jenes Weibsbilds aus Alexandrien nahegerückte Gefahr richtig eingeschätzt hatten; und nun verlangte man von ihr, der vornehmsten Matrone von Brynos, daß sie in ihr Haus den letzten Abschaum dieses zusammengelesenen Haufens aufnehme. Sie hatte ihr Leben lang im Vorgefühl der üppigen Genugtuung gelebt, Schwiegermutter und Großmutter zu sein, wobei eine Strohpuppe von Schwiegertochter die Voraussetzung war. Eine griechische Häuslichkeit, das wußte sie, war der einzige Wellenbrecher gegen die Flut morgendländischer Sitten, gegen Vermögensschwankungen und politisches Chaos. Das Höchste, dem irgendein Lebenslauf zustreben konnte, war es, das Mitglied einer Inselfamilie zu sein, auf ein und demselben Landgut zu leben und zu sterben, geachtet, umsichtig und insgeheim reich; einer Familie, die sich in die Vergangenheit zurückerstreckte, soweit die be-

moosten Aschenurnen es bezeugen konnten, und in die Zukunft, soweit die Vorstellungskraft reichte, nämlich bis zu den Enkelkindern. Die menschliche Gesellschaft beruhte auf Gleichförmigkeit. Dies und Ähnliches sagte sie sich immer wieder, und unter den Wogen ihrer Entrüstung und ihres Selbstbedauerns – obgleich sie zumeist in achtungsvoller Scheu vor ihrem Manne und ihrem Sohn beinahe erstarrte – verschwanden alle wohlgefälligen Züge ihres Wesens, und ihre schönen Augen, die drei Tage lang von den Tränen ihres stummen Selbstgesprächs geglänzt hatten, wurden hart.
Als nach einer langen Zeit Simo in seinem Schreiten innehielt und sich ihr mit unterwürfigem Zögern näherte, stand sie jäh auf und schritt, schwer atmend und vor Aufregung zitternd, an ihm vorbei ins Haus.

Endlich erhob sich Pamphilos, warf seinen mit Schafspelz gefütterten Mantel über die Schulter und ging langsam und nachdenklich durch den kleinen Garten in den Hof und durch das äußere Tor hinaus. Er fühlte vor Hunger und Niedergeschlagenheit eine sonderbare Leere im Kopf. Einen Augenblick blieb er stehn, um den Abhang von silberigen Ölbäumen, der vor ihm anstieg, zu betrachten. Seinen Augen schienen sie in gleichmäßig starken Wellen zu wogen, als stünden Erde und Himmel in

Brand und lohten in einem blassen, stetigen silbernen Feuer – die ganze Erde, der ganze Himmel – und blieben dabei unverzehrt und nährten beständig die zahllosen Flammenzungen. Er starrte noch auf diese stillverklärte Feuersbrunst, als er der beiden undeutlichen Gestalten gewahr wurde, die wie in einem Teich tiefen Schattens zu seiner Rechten am Torpfeiler lehnten. Glykerion drückte die Wange an den Stein und hauchte ihr Gebet gegen das Innere des Hauses hin, und neben ihr stand Mysis, verstört und hilflos, und drängte ihre Herrin, heimzukehren und den unheilschwangeren Nebel der Nacht und die neidische Kälte des Mondes zu meiden.

Als Glykerion sah, daß Pamphilos mitten auf der Straße stand und sie erkannt hatte, flüchtete sie sich, von Scham überwältigt, in Mysis' Arme; aber langsam sich sammelnd, streckte sie dann eine Hand nach ihm aus und richtete ihre großen Augen flehend auf sein Gesicht.

Mysis flüsterte ihr zu: »Wir müssen heimgehn, mein Schatz, mein Vögelchen!«

»Pamphilos!« rief Glykerion leise. »Hilf mir!«

Sein Herz krampfte sich zusammen, als er das Übermaß von Leiden begriff, das sie so weit getrieben hatte. Mit ernster Miene legte er den Finger an die Lippen. Er lächelte nicht, aber näherte sich ihr und blickte beruhigend und ermutigend in ihr Ge-

sicht hinab und bedeutete ihr, mit Mysis heimzukehren.
Glykerion schob das Kopftuch von ihrer Stirn zurück, und vor ihm auf die Knie fallend, stammelte sie: »Ich liebe dich! Ich liebe dich, Pamphilos! Du hast geschworen, daß du mich liebst! Was soll ich tun? Was soll aus mir werden?«
Pamphilos sah Mysis an und fuhr sich abermals mit dem Finger über die Lippen.
»Still, mein Liebling!« sagte Mysis. »Du siehst, er hat das Gelübde getan und kann nicht mit uns sprechen. Und wir dürfen nicht zu ihm sprechen. Sieh, er will, daß du mit mir nach Hause gehst.« Sie legte dem Mädchen den Arm um die Hüfte, und die beiden begannen sich langsam zu entfernen.
»Er hat mir geschworen, daß er mich liebt«, stammelte Glykerion, die vor Tränen nicht sehen konnte, aber sich willig fortführen ließ. Nach einigen Schritten jedoch wandte sie sich um, schob Mysis beiseite und rief: »Nein, nein, ich will ihn nochmals sehn!« Sie drückte für einen Augenblick das Kopftuch an den Mund und sah ihn an, und ihre ganze Seele lag in ihren Augen. »Pamphilos, heirate mich nicht, wenn es nicht recht ist. Aber verlaß mich nicht, laß mich nicht so lange allein! Gedenke der Chrysis! Gedenke des Tags, als du mich trafst, wie ich von den Knaben mit Steinwürfen verfolgt wurde! Nein, nein, heirate mich nicht,

wenn deine Eltern es nicht wünschen. Aber laß mich wissen, daß ... daß ich noch immer von dir geliebt werde!«

Endlich nickte er und lächelte und winkte ihr langsam zu.

»Er nickt mit dem Kopf, Mysis!« rief Glykerion.

»Ja, mein Kleinod!«

»Sieh, Mysis, er lächelt mir zu. Kannst du es sehen? Sieh genau hin, Mysis!«

»Ja, nun winkt er dir zu, jetzt wink du zurück!«

Glykerion winkte eifrig wie ein Kind, bis Pamphilos nicht mehr zu erblicken war. Es war ein langer Heimweg über unebene Steine. Glykerion redete aufgeregt von seinem Lächeln und versuchte, die genaue Tönung von Absicht und Zuneigung einzuschätzen, die in seinem Winken und Kopfnicken gelegen hatte. Sie besprachen die Bedeutung seines Gelübdes im allgemeinen und den Brauch, solch ein Gelübde abzulegen, und riefen sich alle Gelegenheiten, deren sie sich erinnern konnten, wo dieser Brauch angewendet worden war, und das jeweilige Ergebnis ins Gedächtnis. »Alles wird gut werden, Mysis«, wiederholte sie wie im Fieber. »Du wirst sehn, glaub mir, es wird noch alles gut!« Aber endlich verstummte sie, und in der Stille kehrten ihre Befürchtungen und eine überwältigende Ermattung zurück. Als sie das Tor ihres Hauses erreichten, blieb Glykerion mit eingezogener Unterlippe und ängstlichem Blick stehn. »Es ist nichts zu hoffen«, sagte sie. »Die Götter sind erzürnt, weil ich eine Weile glaubte, daß ich glücklich sei und daß es ein leichtes wäre, in der Welt zu leben. Damals verstand ich noch gar nichts vom Leben. Und ich sprach grausame Worte zu Chrysis, eben weil ich dachte, das Leben wäre so leicht. Die Götter sind gerecht ... Oh, wenn ich nur für einen Augenblick zu ihr sprechen und ihr sagen könnte, daß ich nun ihre Güte verstehe. Ja, ihre Güte. Aber Chrysis ist tot!« Sie wandte sich nach Mysis um, doch die hatte sich von ihr entfernt und war, sich mit beiden Fäusten vor die Stirn schlagend, auf der Schwelle des Hauses niedergesunken.

Pamphilos setzte seinen Weg in der entgegengesetzten Richtung fort. Er wanderte über die Bergweiden, wie er es den ganzen Tag getan hatte, und stieg zum höchsten Punkt der Insel hinauf, um auf den Mond und das Meer zu schauen. Er versuchte, seinen Geist aus dem engen Kreis seiner Zweifel herauszuheben, indem er an Dinge dachte, die nicht vor ihm lagen. Er dachte an die Schiffe, die unter diesem magisch fließenden Licht von Hafen zu Hafen ihres Wegs zogen und ein jedes am Bug zwei glitzernde, murmelnde Wellenstreifen aufwarf. Es war die Stunde, wo der Steuermann bei sicherem Kurs in eine Träumerei verfällt, sich seiner Kindheit erinnert oder im Geist seine Ersparnisse zusammenzählt. Pamphilos dachte an die Tausende von Heimstätten all über Griechenland, wo schlafende oder wachende Seelen ewiglich über ihre dunkle Bestimmung nachsannen. »Hebe jedwelches Dach ab«, hatte Chrysis oft gesagt, »und du wirst darunter sieben verwirrte Herzen finden.« Er dachte an Chrysis und ihre Aschenurne und erinnerte sich an ihr sonderbares Geheiß, alles Leben, sogar das dunkle, zu preisen. Und als er ihrer gedachte, schwand seine Bedrücktheit von ihm hinweg wie eine Wolke, und er wurde von einem bebenden Glücksgefühl durchströmt. Auch er pries das ganze Gewebe des Lebens, denn er sah, wie des Lebens reichste Gabe seltsam aus Vergeblichkeit und Härte und Trennung erblühte: Chrysis, die in Schmerzen gelebt hatte und gestorben war; der nachdenkliche Blick, den sein Vater so oft auf ihm ruhen ließ, und der müde Ausdruck auf des Vaters Gesicht, wenn er sich unbeobachtet glaubte; das scheue Geheimnis, das Glykerion für ihn war. Es schien ihm, daß die ganze Welt nicht aus Felsen, Bäumen und Gewässern bestehe und die Menschen nicht Gewänder und Fleisch seien, sondern alles wie der Abhang von Ölbäumen in einer ewigen Flamme von Liebe brenne – schwermütiger, zur Hälfte aus Hoffnung bestehender und oftmals zurückgestoßener Liebe, die darauf wartete, ihre Wahrheit bestätigt zu erhalten. Aber warum wurde diese Liebe so tief gedemütigt und harrte gleichsam, daß eine Stimme vom Himmel käme und verkündete, darin liege das Weltgeheimnis? Das Mondlicht war unstet und verschleiert, und unter einem solchen Licht lebten sie alle; sein Herz aber verkündete ihn mit einmal, daß eine Sonne aufgehn und vor dieser Sonne Furcht und Ungewißheit verschwinden würden. Und während er weiterging, wurde ihm diese Wahrheit immer deutlicher, und er lachte, weil er so lange blind gewesen für etwas, das so offenkundig war. Er schritt vorwärts, die Arme in freudiger Dankbarkeit zum Himmel erhoben, und im Dahinschreiten rief er aus: »Ich preise alles Leben, das lichte und das dunkle!«

Seine freudige Stimmung wich schließlich einer stillen Müdigkeit. Als er den schattigen Tempel betrat, sah er den Priester vor dem von ihm betreuten Altar schlafen. Der Priester öffnete für eine kleine Weile die Augen, und über die Beuge seines Arms hinweg sah er zu, wie der junge Mann seinen Mantel auf den Marmorboden breitete, sich darauf ausstreckte und einschlief.

Simo wurde kurz vor Tagesanbruch durch den Klang schriller Stimmen und eine ungewohnte Bewegung im äußern Hof geweckt. Als er sich näherte, entdeckte er, daß eine schreiende Alte zum Tor hereingekommen war und einige seiner Sklaven vergeblich versuchten, sie zu beschwichtigen und auf die Straße hinauszujagen. Er erkannte Mysis. Mit einer Handbewegung befahl er den Männern, von ihr abzulassen. »Was ist los?« fragte er.

»Ich muß mit Pamphilos sprechen.«

»Er ist nicht hier.«

»Ich kann nicht weggehn, ehe ich ihn nicht gesprochen habe«, erwiderte sie, und ihre Stimme wurde schrill vor fieberiger Eindringlichkeit. »Ein Leben hängt daran. Es ist mir gleich, was mit mir geschieht, aber Pamphilos muß erfahren, was man uns angetan hat.«

Simo sagte ruhig: »Ich werde dich peitschen lassen; ich werde dich drei Tage in eine Kammer sperren lassen, wenn du fortfährst, so zu lärmen. Später am Vormittag wird Pamphilos dich anhören können.«

Mysis war einen Augenblick still, und dann hob sie die Augen und sagte düster: »Später am Vormittag wird es zu spät und alles verloren sein. Ich bitte dich, laß mich ihn jetzt sprechen. Er würde es gewiß wünschen. Er würde es dir nicht verzeihen, daß du mich jetzt abweist.«

»Komm, sag mir, was geschehn ist, und ich will dir helfen.«

»Nein, du bist es, der dieses Unheil angerichtet hat, und nun kann nur er allein uns retten.«

Simo sandte die Sklaven in ihren Flügel zurück. Dann wandte er sich wiederum an die Alte. »Wie kann ich euch Schaden zugefügt haben?«

»Du hast nicht den Wunsch, uns zu helfen«, erwiderte sie. »Das Schiff des Leno hat vor der Insel Anker geworfen, und meine Herrin Glykerion und alle im Haus der Chrysis sind ihm als Sklaven verkauft worden. Mitten in der Nacht wurden wir vom Stadtherold geweckt, und er befahl uns, unsre Kleider zusammenzupacken und zum Hafen hinunterzugehn. Glykerion fühlt sich nicht wohl; sie darf nicht so gehetzt werden. Ich selbst entfloh zwischen den Reihen eines Weingartens und bin gekommen, um Pamphilos zu finden. Denn das hast du uns angetan. Die Ältesten der Insel waren es, die bestimmten, daß wir als Sklaven verkauft werden sollten, damit unsre Schulden bezahlt würden.«

Das war wahr. Er erinnerte sich, einer Besprechung der Sache ohne besondere Anteilnahme zugehört zu haben, in dem Glauben, sie werde mit genügender Warnungsfrist und Verzug durchgeführt werden, um eine Trennung Glykerions von dem Rest der mittellosen Gesellschaft zu erlauben. Das Schiff des Leno besuchte Brynos so selten, daß die Ältesten der Insel befürchtet hatten, sie sähen sich sogar noch gezwungen, viele Monate hindurch für diese Leute zu sorgen, während sie auf das Schiff des Händlers warteten.

Plötzlich dämmerte Mysis ein Licht auf: »Er ist im Tempel! Wie konnte ich bloß vergessen, daß er noch unter dem Gelübde des Schweigens steht und daher dort sein muß!« Und sich umwendend, wollte sie auf die Straße hinaus.

»Du darfst nicht zu ihm in den Tempel!« sagte Simo scharf. »Ich werde jetzt mit dir zum Hafen hinunterkommen und deine Herrin von diesem Leno loskaufen.«

Er ging, um seinen Mantel zu holen, ins Haus zurück und schritt dann der Stadt zu, und Mysis hielt sich dicht hinter ihm. Der Morgen brach an, als er die gewundenen Treppen zum Hafen hinabstieg. Gegen den streifigen Himmel sah er die Masten des Schiffes aufragen. Der Leno war nicht bloß Sklavenhändler; er war ein wandernder Bazar und verkaufte ausländische Nahrungsmittel und Schmuckstücke und Stoffe. Wenn eine Insel groß genug war, kam er an Land und hielt einen Jahrmarkt ab und schlug ein Tierzelt auf. Und so konnte Simo nun im ersten kalten Morgenlicht auf dem erhöhten Teil des Verdecks eine grell bemalte Bude gewahren, einen angeketteten Bären, einen Affen, zwei Papageien und andre Musterstücke aus dem Warenvorrat des Leno, darunter den ganzen Hausstand der Chrysis. Philokles war am Ufer geblieben und hatte seit zwei Stunden an der Hafenbrüstung gestanden und kurze, abgerissene Schreie zu seinen Gefährten hinübergesandt. Da er griechischer Bürger war, konnte er nicht in die Sklaverei verkauft und sollte später nach Andros geschafft werden.

Simo ging mit Mysis die Stufen der Landungsstelle hinab und wurde zu dem Schiff hinausgerudert. Während er sein Geschäft mit dem schwarzen, grinsenden Leno abschloß, sank Mysis vor Glykerion in die Knie und erzählte ihr von dieser glücklichen Wendung. Glykerion aber empfand keine Freude bei dieser Nachricht. Sie saß zwischen Apraxine und der Äthiopierin inmitten der Kleiderbündel, und vor Mattigkeit konnte sie kaum die Lider heben oder die Lippen bewegen. »Nein«, sagte sie, »ich werde mit dir hierbleiben, ich will nirgendshin.«

Simo näherte sich ihnen. »Mein Kind«, sagte er zu Glykerion, »du mußt nun mit mir kommen.«

»Ja, mein Liebling«, wiederholte Mysis ihr ins Ohr, »du mußt nun mit ihm gehn. Alles wird gut werden. Er nimmt dich mit ans Land zu Pamphilos.«

Noch immer verharrte Glykerion mit gesenktem Kopf. »Ich rühre mich nicht weg. Ich will nirgendshin«, sagte sie.
»Ich bin der Vater des Pamphilos. Du mußt mit mir kommen, und es wird gut für dich gesorgt werden.«
Mit großer Mühe erhob sie sich endlich. Mysis half ihr zur Bordwand des Schiffes, und daselbst Abschied von ihr nehmend, flüsterte sie ihr zu: »Leb wohl, mein Teuerstes, mein Liebling! Mögen die Götter dir nun Glückseligkeit schenken! Ich werde dich nie wiedersehn, aber ich bitte dich, gedenke mein, denn ich habe dich treu geliebt. Und wo immer wir sind, wollen wir unsrer teuren Chrysis gedenken.«
Schweigend umarmten die beiden einander, Glykerion mit geschlossenen Augen. Endlich sagte sie: »Mysis, ich wollte, ich wäre tot. Ich wollte, ich wäre längst gestorben, zugleich mit Chrysis, meiner lieben Schwester.«
»Auch du sollst mit uns kommen«, sagte Simo zu Mysis. Sie hatte größere Überraschungen erlebt und folgte ihm gehorsam. Die kleine Gruppe fuhr schweigend dem Ufer zu. Die Ruderer des Leno aber wirbelten das Wasser auf, seine grellfarbigen Segel wurden aufgezogen, und seine Fracht verließ den Hafen und fuhr neuen Geschicken entgegen.

Die Sonne war schon aufgegangen, als Pamphilos mit schnellen, frohen Schritten in sein Elternhaus zurückkehrte. Hier entdeckte er Glykerion, wie sie friedlich in der Obhut seiner Mutter schlief. Kein Laut war auf dem Hof zu hören, denn seine Mutter, bereits von der Würde ihrer neuen Pflicht als Beschützerin und Pflegerin des heimatlosen Mädchens erfüllt, hatte völlige Stille angeordnet. Argo saß vor dem Tor und machte große Augen vor Verwunderung und Freude über die Ankunft dieser neuen Freundin. Simo war ins Warenlager gegangen, und als er zurückkehrte, bewegte er sich trotz all seiner Beglücktheit mit gesenkten Augen umher, von der Verhaltenheit seines Wesens dazu gezwungen, so zu tun, als wäre nichts geschehn.

Während der nächsten zwei Tage kreisten ihrer aller Gedanken um die Kammer, in der das Mädchen lag, und ihre Herzen verjüngten sich unter den zarten Ansprüchen, die Glykerions Schönheit und Scheu an sie stellten. Nächst Pamphilos schien Simo ihre Zurückhaltung am besten verstanden zu haben und am besten von Glykerion verstanden worden zu sein; eine Freundschaft, die sich nicht in Worte fassen ließ, war zwischen ihnen erwachsen. Dem Köstlichen, das da erblühte, war es jedoch nicht bestimmt, auf die Probe des Alltags und der Dauer gestellt zu werden, noch das Abwechseln von Selbstvorwürfen und erneuter Zuversicht kennenzulernen; denn am Mittag des dritten Tags fingen Glykerions Wehen an, und bei Sonnenuntergang waren Mutter und Kind tot.

In der Nacht begann es, nach vielen Monaten der Dürre, zu regnen. Anfangs gelind, aber stetig, begann der Regen auf ganz Griechenland zu fallen. Große Vorhänge von Regen hingen über den Ebenen; in den Bergen fiel er als Schnee, und auf dem Meer prägte er seine unzähligen, schnell verschwindenden Münzen aufs Wasser. Die meisten Einwohner lagen im Schlaf, aber die Erlösung, die der lange erwartete Regen brachte, durchtränkte die Stimmung ihrer schlafenden Gemüter; sie senkte sich auf die Urnen, die nebeneinander im Schatten standen; und die schlaflosen Kranken und die Sterbenden hörten die ersten großen Tropfen auf die Dächer zu ihren Häupten fallen. Pamphilos lag wach, mit dem Gesicht nach unten, das Kinn auf die Handrücken gestützt. Er hörte die ersten schweren Tropfen auf dem Dach, und er wußte, daß nicht weit von ihm auch sein Vater und seine Mutter sie hörten. Er hatte sich immer wieder Chrysis' Lehre vorgesagt und dazu die letzten verhauchenden Worte seiner Glykerion: »Sei nicht traurig! Fürchte dich nicht!« und hatte sich erinnert, wie sie mit einer ganz schwachen Wendung ihrer Augen auf ihr Kind gedeutet und gesagt hatte: »Wo immer wir sind, gehören wir dir.« Er fragte sich verwundert, woher seine Freude und sein Siegesgefühl, die er vor nur wenigen Nächten empfunden hatte, gekommen waren. Wie hatte er einmal der Schönheit des Daseins so gewiß sein können? Und manche von Chrysis' Worten kamen ihm wieder in den Sinn. Er erinnerte sich, wie sie die Hand eines jungen Gastes berührt hatte, der nach dem Verlust seiner Schwester und längerer Abwesenheit wieder zurückgekehrt war, und wie sie ihm mit leiser Stimme, um die andern Anwesenden, die noch nie einen solchen Verlust erlitten hatten, nicht verlegen zu machen, gesagt hatte: »Du warst einmal glücklich mit ihr; zweifle nicht, daß die Gewißheit deines höchsten Glücks ebenso wirklich war wie nun die Gewißheit deines tiefsten Kummers!« Pamphilos wußte, daß er aus diesen Bruchstücken während der folgenden Nächte Kraft genug sammeln müsse, nicht nur für sich selbst, sondern auch für die andern – diese andern, die sich nun so erstaunlich an ihn wandten und deren Blicke ihm vom Gesicht abzulesen suchten, welche Botschaft von den letzten Quellen des Muts und der Hoffnung er für sie habe, damit sie von ihr weiterleben könnten. Und ratlos zwar und mit sinkender Zuversicht wiederholte er Chrysis' Wort: »Ich preise alles Leben, das lichte und das dunkle.«

Der Steuermann auf dem Meer ließ den Regenguß über sich ergehn, und auf den Hochweiden wandte sich der Hirt und zog den Mantel enger um sich; die seit langem ausgetrockneten Bachbetten in den Bergen begannen sich wieder zu füllen, und der Lärm des Wassers, das vom Absatz zu Absatz stürzte und mit den Steinen in seinem Wege stritt, erfüllte die Schluchten. Aber hinter den dichten Wolkenbänken stieg strahlend hell der Mond empor und schien auf Italien und seine rauchenden Berge. Und im Osten leuchteten die Sterne friedlich hernieder auf das Land, das bald das Heilige genannt werden sollte und schon seine kostbare Bürde reifte.

NACHWORT

Als eine seiner Haupteigenschaften hat Thornton Wilder die Neugier bezeichnet und geschrieben: »Die Kunst der Literatur stammt aus zwei Neugierden: einer Neugier auf Menschen, die so weit getrieben ist, daß sie der Liebe ähnelt, und einer so absorbierenden Liebe zu einigen wenigen Meisterwerken der Literatur, daß sie wie glühendste Neugier aussieht.«

Unter den amerikanischen Schriftstellern des 20. Jahrhunderts war Thornton Wilder ein Einzelgänger, ein Meister ohne Schüler. Auch wo er sich spezifisch amerikanischen Themen zuwandte, war er ein eher abendländisch-traditioneller Erzähler, ein hochgebildeter, sprachenkundiger Humanist, dem es in seiner Prosa weniger um formale und thematische Neuerungen als um poetische Präzision, stilistische Eleganz und gedankliche Klarheit ging. Dieser dichtende Gelehrte und gelehrte Dichter stellte in seinen Werken immer wieder die alten Menschheitsfragen, und eine Geschichte schien ihm oft nur ein erwünschter Vorwand zu sein, um über das Alltägliche hinauszugreifen und auf die Wahrheit hinter den Dingen zu verweisen. Für Wilder war, nach eigenem Bekenntnis, das »erschöpfendste aller unsrer Abenteuer die Reise durch die langen Korridore des Geistes bis zu den letzten Hallen, wo der Glaube inthronisiert ist«.

Als Thornton Wilder 1957 den Friedenspreis des

Deutschen Buchhandels erhielt, sagte in seiner Laudatio Carl Jakob Burckhardt: »Wilders Dichtung ist eine Antwort auf alle Anklagen, sie ist endlich wieder einmal keine Dichtung des Ärgernisses und des Aufruhrs, sie ist ein Werk nachdenklichen Trostes . . .« Solche Worte können heute in einer Welt, die des Aufruhrs sicher ebensosehr bedarf wie des Trostes, höchst mißverständlich wirken. Es ist Wilder auch nicht erspart geblieben, als Vertreter einer Heile-Welt-Ideologie mißdeutet zu werden. Bei genauerem Zusehn freilich zeigt sich, daß dieser Missionar der Humanität durchaus ein Realist war, daß er sich über die menschliche Natur keine Illusionen machte und daß sein Glaube an die Möglichkeit, die Welt zu verbessern, durchsetzt war mit Zweifeln. Seine Erwartungen waren nicht naive Illusionen, sondern skeptische Hoffnungen: spes contra spem.
Freilich hat Wilder auch von sich gesagt, er sei im Grunde ein glücklicher Mensch. Diese Selbstaussage mag, zu einem Teil, die Befremdung der Kritik über einen derart (wie es scheint) unzeitgemäßen Autor und zugleich seine Beliebtheit beim Publikum erklären. Nicht nur die Zuschauer im Nachkriegsdeutschland, die Theaterstücken wie ›Unsere kleine Stadt‹ und ›Wir sind noch einmal davongekommen‹ Ovationen bereiteten, auch die amerikanischen Leser der siebziger Jahre, die sich von Wilders letztem Roman ›Theophilus North‹ gern aus dem Alltag voller Krisen und Katastrophen in eine Welt des schönen Scheins entführen ließen, bezeugen die Zustimmung zu

Kunstwerken, die nicht die Absurdität der Existenz vorführen, sondern eine Sinngebung versuchen.
Thornton Wilder war in aller Welt berühmt als Romancier, Dramatiker, Essayist, er war ein hervorragender Übersetzer und Literaturwissenschaftler, für sein Werk erhielt er die angesehensten Auszeichnungen und Ehrungen. Allerdings zog es der distinguierte Junggeselle Wilder, der niemals mit spektakulären Skandalen Schlagzeilen gemacht hat und der gern incognito reiste, vor, sich nicht als Berühmtheit, sondern als liebenswürdiger Hochschullehrer zu präsentieren. Die ihn kannten, schildern ihn als einen Mann von ungewöhnlicher Offenheit und Hilfsbereitschaft, als einen, der die Menschen offenbar in sein Herz geschlossen hatte. Hinter seiner Freundlichkeit verbarg er jedoch geistige Strenge und die überragende Intelligenz einer wahrhaft kosmopolitischen Erscheinung.
Thornton Wilder wurde am 17. April 1897 in Madison, Wisconsin, als Sohn eines Zeitungsverlegers geboren, der bald als Generalkonsul nach Hongkong und Shanghai ging. In China besuchte er englische und deutsche Missionsschulen, später in den USA Colleges und Universitäten. Nach dem Armeedienst hielt er sich zu archäologischen Studien in Rom auf; später lehrte er an verschiedenen amerikanischen Universitäten vergleichende Literaturwissenschaft. 1926 erschien sein erster Roman ›Die Cabala‹, 1927 folgte ›Die Brücke von San Luis Rey‹, ein Buch, das ihn berühmt machte und ihm seinen ersten Pulitzer-Preis

eintrug. Längere Studienreisen führten Wilder nach Europa. Am Zweiten Weltkrieg nahm er als Offizier teil, wurde danach u. a. Leiter der amerikanischen Delegation bei der UNESCO-Konferenz in Venedig und hielt Vorträge in aller Welt. Neben seiner intensiv betriebenen Arbeit als Literaturwissenschaftler widmete er sich seinem literarischen Werk, von dem die Theaterstücke wie die sieben Romane von ›Die Cabala‹ bis ›Theophilus North‹ weltweit bekannt wurden. Am 7. Dezember 1975 ist Thornton Wilder, 78 Jahre alt, in Handen, Massachusetts, gestorben.

In der Literaturgeschichte gilt Wilder als ein Vertreter der Gedankenprosa. Zum Beweis für diese Behauptung wird gern auf seinen dritten Roman verwiesen, den man als Ideen-Roman bezeichnet. ›The Woman of Andros‹ erschien 1930 in New York und noch im selben Jahr in London; bereits 1931 lag in Wien und Leipzig die deutsche Übersetzung von Herberth E. Herlitschka unter dem Titel ›Die Frau aus Andros‹ vor.

Wie Wilder selbst mitteilt – er hat nie die Quellen verleugnet, aus denen er schöpfte –, wurde er angeregt von der ›Andria‹, dem ersten Stück des neben Plautus berühmtesten römischen Komödiendichters Publius Terentius Afer aus dem zweiten vorchristlichen Jahrhundert. (Terenz übrigens hatten zwei heute verschollene Werke des Griechen Menander, ›Andria‹ und ›Perinthia‹, als Vorlagen gedient.) Während die römische Komödie von der Intrige in Gang gehalten wird, vom Spiel wechselseitiger Täuschungen, das dann schließlich doch zu einem glücklichen Ende führt, wird bei Wilder aus der Komödie eine Erzählung mit tragischen Zügen. In Wilders Werk ist die Terenz'sche Vorlage kaum wiederzuerkennen: Alle Nebenhandlungen wurden gestrichen, die Randfigur Chrysis wird zur Hauptfigur, der Schauplatz ist von Athen auf die fiktive Insel Brynos verlagert und das Geschehen aus vorchristlicher Zeit in die Zeit um die Geburt Christi versetzt. So ist Wilders ›Frau aus Andros‹ mehr als die Adaptation eines antiken Stoffes, der Roman ist eine genuine Neuschöpfung.

Wilders Buch ist beseelt von jener »Leidenschaft für gedrängte Kürze«, zu der sich der Autor bekannt hat (– eine Leidenschaft, von der in seinen späten Romanen dann freilich wenig mehr zu spüren ist). Unaufdringlich sind die Leitmotive miteinander verknüpft; Gleichnisse, Zitate, Maximen, Dialoge und Selbstgespräche sind eingebettet in eine elegante Prosa, die getragen wird von einem allwissend-überlegenen Erzähler, der alle Fäden in der Hand hält und sich, wo es nötig scheint, belehrend und kommentierend zu Wort meldet. Eingang und Schluß machen, wie so oft bei Wilder, die Kluft zwischen den Winzigkeiten des Alltags und den Abläufen von Raum und Zeit deutlich, binden die Vorgänge auf der kleinen, unbedeutenden Insel Brynos aber zugleich ein in größere, in kosmische Zusammenhänge. »Ich sehe in mir jemanden«, sagte Thornton Wilder 1956 in einem Gespräch mit Richard H. Goldstone, »der nichts unversucht läßt, dem trivialen Alltag Würde abzugewinnen. Würde, jawohl, und zwar gerade angesichts der mit dem Absurden paktierenden, weil unmenschlich großen Zeitspannen. Ich will dem Einzelnen sagen, daß seine Gefühle nicht bloße Illusionen sind.«

Im selben Gespräch auch hat sich Wilder zum Ideen-Roman bekannt, dazu, daß der Roman die Ansichten des Autors spiegle: »Im Roman«, so Wilder, »regiert die Vergangenheit, und mögen die Selbstverleugnungspraktiken des Autors noch so raffiniert sein – das Täuschungsmanöver zieht nicht, von einem bestimmten Punkt an hören wir ihn und nur ihn reden, spüren wir, wie er uns an vergangene, an erledigte Dinge erinnert, an willkürlich ausgewählte Ereignisse, entdecken wir, daß seine Intelligenz uns eine Auswahl aus dem Riesenarchiv der Geschichte präsentiert. Selbst der objektivste Roman spiegelt immer auch die Gefühle des Autors, reflektiert die Lebensansicht, verrät die Beschaffenheit eines Geistes und weist Spuren seiner Leidenschaften auf.« Und Wilder erklärte ausdrücklich, es gebe keinen Autor ohne didaktische Neigungen – das erst bringe »die Maschine in Gang«. Allerdings müsse die Belehrung unaufdringlich sein –: »Vieles wird auf Gas gekocht, aber muß es deshalb denn auch nach Gas schmecken?«

Das Thema, um das Wilders Roman ›Die Frau aus Andros‹ kreist, klingt an, wenn Pamphilus, vom Gastmahl bei der Hetäre Chrysis ins Vaterhaus zurückkehrend, sich die Frage stellt: »Wie soll man leben?« Chrysis selbst hatte sie schon zuvor beantwortet, als sie in ihrer Erzählung vom Heros gesagt hatte, »daß wir nur in denjenigen Augenblicken lebendig genannt werden können, in denen unsere Herzen sich ihres Schatzes bewußt sind; denn unsere Herzen sind nicht stark genug, um in jedem Augenblick zu lieben.«

Gisela Maucher hat hier auf einen wesentlichen Aspekt aufmerksam gemacht: daß nämlich das Aufführen der Antwort an erster Stelle eben dieser Antwort den Charakter einer Forderung, einer aufgestellten Maxime gibt. Und die beunruhigende Frage, die erst durch die Antwort geweckt wird, erscheint nun wie eine Äußerung des Zweifels im Gedanken an die Möglichkeit, diese Forderung zu verwirklichen: »Die Umkehrung der Stellung und des Wesens von Frage und Antwort gießt das Problem des Romans in die Form der Erkenntnis einer Wahrheit und der Frage nach deren Wirklichkeitswert in der Welt. Hier ist also nicht das Thema des Romans eine Frage, auf die der Roman eine Antwort gibt, sondern das Thema ist eine Antwort, und der Roman weckt in echter Beunruhigung die in der Antwort schlummernden Fragen.«

Der Heros, von dem Chrysis erzählt, erhält durch die Gunst der Götter Einsicht in den Sinn des Lebens, scheitert jedoch tragisch, weil er, begrenzt durch seine menschliche Natur, seine Erkenntnis nicht verwirklichen kann. Chrysis selbst bemüht sich, nach dieser Einsicht zu leben. Sie betrachtet sich als eine »Gestorbene«, die sich durchzuringen sucht zur Ataraxia, zur stoischen Gelassenheit, die frei ist von allem Zorn und

aller Erbitterung. Durch eine Reihe von Prüfungen und Läuterungen – die letzte und schwerste besteht darin, daß sie, die so viel Freundschaft und Liebe gegeben hat, auf die Liebe verzichten muß – gelangt sie am Ende zur Anerkennung des Lebens in seiner Totalität; und sie stirbt nicht einen Tod der Verzweiflung, sondern der Hoffnung und Bejahung. Von Pamphilos, den sie an ihre Schwester Glykerion verloren hat, verabschiedet sie sich mit den Worten, die Pamphilos selbst wenig später, beim Tode von Glykerion, zum Trost werden: ». . . daß ich das Schlimmste erlebte, das die Welt mir antun konnte, und dennoch die Welt und alles Leben preise. Alles, was ist, ist gut. Erinnere dich eines Tages, erinnere dich meiner als einer Frau, die alles liebte und alle Dinge von den Göttern hinnahm, die lichten und die dunkeln – und tue ein Gleiches. Leb wohl!«
Neben den Elementen stoischer Philosophie sind jedoch in ›Die Frau aus Andros‹ christliche Gedanken nicht zu übersehen. Ganz sicher ist es kein Zufall, daß Wilder gleich im ersten Absatz – wenn er gleichsam in einem großen Kameraschwenk den Blick des Lesers vom Lauf der Erde auf die Hafenschenke auf Brynos lenkt – von dem Land spricht, »das bald das Heilige genannt werden sollte« und das »in der Dunkelheit seine wundervolle Bürde reifen« ließ; und ebenso ist es ein deutliches Signal, wenn dieses Werk, das ja in Griechenland und nicht in Palästina spielt, mit den dem Anfang entsprechenden Worten schließt: »Und im Osten leuchteten die Sterne friedlich hernieder auf

das Land, das bald das Heilige genannt werden sollte und schon seine kostbare Bürde reifte.«
Die Einstellung der Hauptfiguren zur sinnlichen und zur geistigen Liebe, zu Eros und Agape, ihre Haltung gegenüber Leid, Krankheit und Tod deuten voraus auf ein künftiges Christentum des Mitleidens und der tätigen Nächstenliebe. Es ist die Hetäre Chrysis, die sich in ihrem Hause der Armen und Untüchtigen annimmt, die in einem Monolog spricht: »Sie ist etwas Neues in der Welt, diese Sorge um die Untauglichen und Gebrochenen. Wer einmal damit beginnt, kann nur im Wahnsinn enden. Das alles führt zu nichts. Nur ein Gott dürfte es auf sich nehmen.« Daß dies kein Gott aus dem griechisch-antiken Olymp sein kann, ist offenkundig.
So spiegelt denn dieser an der Zeitenwende angesiedelte Roman einen Grundgedanken Thornton Wilders: daß nämlich die Antike die dem göttlichen Plan entsprechende Vorstufe des Christentums war, und daß im griechischen und römischen Geistesleben Grundgedanken des Christentums präformiert waren. »Tragisch wahr« nennt es Chrysis, »daß die Welt der Liebe und Tugend und Weisheit die wahre Welt« ist und »daß wir nur in denjenigen Augenblicken lebendig genannt werden können, in denen unsere Herzen sich ihres Schatzes bewußt sind; denn unsere Herzen sind nicht stark genug, um in jedem Augenblick zu lieben.«

Jürgen P. Wallmann